最後の晩ごはん

地下アイドルと筑前煮

椹野道流

角川文庫
22292

登場人物

イラスト／くにみつ

五十嵐《いがらし》海里《かいり》

元イケメン俳優。
現在は看板店員として
料理修業中。

夏神《なつがみ》留二《りゅうじ》

定食屋「ばんめし屋」店
長。ワイルドな風貌。料
理の腕は一流。

ロイド

眼鏡の付喪神。海里を
主と慕う。人間に変身
することができる。

最後の晩ごはん　地下アイドルと筑前煮

五十嵐《いがらし》一憲《かずのり》

海里の兄。公認会計士。真っ直ぐで不器用な性格。

五十嵐《いがらし》奈津《なつ》

獣医師。一憲と結婚し、海里の義理の姉に。明るく芯の強い女性。

淡海《おうみ》五朗《ごろう》

小説家。「ばんめし屋」の馴染み客だが、今は主に東京住まい。

最後の晩ごはん　地下アイドルと筑前煮

倉持《くらもち》悠子《ゆうこ》

女優。かつて子供向け番組の「歌のお姉さん」として有名だった。

砂山《さやま》悟《さとる》

カフェ兼バー「シェ・ストラトス」オーナー。元テレビ局のプロデューサー。

プロローグ

我が家の風呂《ふろ》は世界一ゴージャス、と言いたいところだが、そもそも小さな家屋、しかも一階が店舗で、生活スペースは二階のみとくれば、広い浴室など望むべくもない。

思いきりよく服を脱ごうとすると、あちこちを壁にぶつけてしまう脱衣所をどうにかクリアしても、その先にあるのは、樹脂製の椅子に腰を下ろせばいっぱいいっぱいの洗い場だ。

当然、ステンレスの浴槽も、かろうじて大人ひとりが使えるサイズである。

「どっこいしょっと……」

長身を折り畳むようにして、その真四角に近い形状の浴槽に注意深く入り、いわゆる「三角座り」だの「体操座り」だのと呼ばれる姿勢でどうにか落ちついた夏神留二《なつがみりゅうじ》は、大きく息を吐いた。

やや窮屈な姿勢であっても、熱めの湯の中に首から下を浸してしまえば、身体と心がゆっくりと解《ほど》け、一日の疲れが和らいでいくのがわかる。

「はあ、この一瞬のために、働いとるようなもんやな」

そう独りごちて、夏神は硬い浴槽の縁《へり》に後頭部を軽く預け、壁面に設けられた小さな換気窓を見上げた。

薄く開けた窓の磨《す》りガラスには、夜が去って行くときの、オレンジに濃紺がちょっと混じったような色の光が映っている。

耳を澄ませば、聞こえてくるのは早くも目覚めたセミたちの声だ。

チチチチチチッチッチッ、というヒグラシの甲高い鳴き声に、シャワシャワシャワシャワシャワ……というクマゼミのやや低めの鳴き声が重なって、ちょっとした合唱の体を成している。

目をつぶって彼らの共演に耳を傾け、夏神は全身から力を抜いた。

風呂とは不思議なものだ、と改めて思う。

厨房《ちゅうぼう》で一日働いて、全身にくっついた油や臭いの粒を汗ごと洗い落とすことはこの上なく爽快《そうかい》だし、その上、湯船いっぱいの湯に浸《つ》かったときの開放感ときたら……ああいや、その言葉にはいささか語弊がある。

このささやかすぎる浴槽を満杯にすれば、夏神の大きな身体を沈めた途端、半分以上が溢《あふ》れてしまうだろう。

経験上、最初から「このレベルに留《とど》めれば溢れずに済む」あたりまでしか湯を張っていないけちくさい有様だが、逆に最近では、一滴も溢れさせなかったときの満足感と達成感がなかなかのものである。

熱めの湯を掬《すく》って顔にバシャリとかけると、ことさらに気持ちがいい。

「極楽、極楽」

敢《あ》えて古典的な言葉を口にして、夏神は濡《ぬ》れた髪を両手で後ろに撫《な》でつけた。

従業員であり、同居人でもある五十嵐海里《いがらしかいり》など、夏場はシャワー、しかもぬるま湯で十分だ、暑すぎて湯に浸かるなど耐えられないというが、夏神は四季を通して、浴槽を使わないと風呂に入った気がしないほうである。

たとえ湯上がりにさっそく汗だくになるとしても、それはそれ、これはこれなのだ。

夏神がもう一度溜《た》め息をついたとき、風呂の引き戸がガラリと開けられた。顔を出したのは、無闇に顔の造作がいい若者……海里である。

Ｔシャツにジーンズというカジュアルな装いの海里は、ちんまりと浴槽に浸かっている夏神の姿に、端整な顔をほころばせた。

「滅茶苦茶《めちゃくちゃ》コンパクトに収まってんね、夏神さん」

「しゃーないやろ。なんや？」

やや迷惑そうに夏神が用件を問うと、海里は笑顔のまま、提げていたコンビニ袋を持ち上げ、軽く振ってみせた。

「朝っぱらからあんまりあっついからさ。無性に食いたくなって、コンビニで『しろくま』買ってきたんだ」

「わざわざ出掛けたんか。元気やなあ。ほんで、『しろくま』？　ああ、あのでっかいかき氷のことか」

「そそ、鹿児島のかき氷だっけ。あの、ミルク味の、フルーツ入ってるやつ」

「ええな。そんなもんまでコンビニで売っとんか。便利やなあ」

「でしょ。ちょっと溶け気味が旨いから、夏神さんの分も、冷凍庫に入れずに置いとく。早く上がりなよ」

「おう。ありがとうさん」

「どういたしまして。先に食い始めてるよ……と」

引き戸を閉めかけて動きを止め、海里はつくづくと夏神の顔を見る。夏神は、怪訝《けげん》そうに太い眉《まゆ》をひそめた。

「なんや？　おっさんのマッパなんぞ見ても、おもろないやろ」

すると海里は、夏神に負けず劣らずの顰《しか》めっ面で頷《うなず》いた。

「それは間違いなく」

「ほな、はよ閉めえ。脱衣所が湿気《しっけ》てまうやないか」

すると海里は、不思議そうに首を傾げてこう言った。

「同じこと何度も言って悪いけどさ、やっぱ夏神さん、今日、やけに機嫌いいよな」

それを聞いて、夏神の眉が、さらに数ミリ眼球のほうに近づく。海里は慌てて片手を振った。

「や、いいんだよ別に。機嫌悪いとか悲しそうとかなら『どしたの、話聞くよ』って言うけど、嬉《うれ》しそうなら、別にわざわざ突っ込む必要もないからさ。ま、喋《しゃべ》りたいことがあるんなら、あとで『しろくま』食いながら聞かせてよ。じゃ」

ひと息にそう言って、海里は今度こそ勢いよく引き戸を閉め、蒸し暑い脱衣所をどたどたと出て行く。

しばらく渋い面持ちのまま無言でいた夏神は、やがて両手でもう一度、顔に湯を荒っぽく引っかけた。

肉の削《そ》げた頬が紅潮しているのは、風呂でのぼせたせいだけではない。

「言えるかっちゅうねん」

海里の言うことは本当だ。

昨日の昼から、我ながら浮かれていると思う。

気持ちが晴れやかだと、鍋《なべ》も皿もいつもより軽く感じられ、そのせいで手つきが危うくなっても、それすら可笑《おか》しく思えてしまう。

別に普段から不機嫌な顔ばかりしているわけではないが、それにしても多すぎる笑顔を、海里も、もうひとりの同居人、いや同居眼鏡のロイドも、きっと怪訝に思っていたことだろう。

「いや、そやけど言われへん」

夏神は、顎《あご》からポタポタと湯を滴らせ、小さくかぶりを振った。

まさか、いい大人の上機嫌の理由が単なる夢などとは、とても打ち明けられない。

しかしそれは、夏神にとっては何より意味のある、嬉しい夢だったのだ。

昨日の昼過ぎ、店の仕込みに遅れないよう仕掛けておいたアラームが鳴る寸前に見た、フィルムの切れっ端のように短い映像。

学生時代、共に雪山で遭難して、夏神が助けを求めて吹雪の中を彷徨《さまよ》っているあいだにひとりぼっちで死なせてしまった、大切な恋人……彼女が、夢に現れた。

それ自体は珍しいことではない。

あの事故が遠い昔になっても、夏神は毎日のように、遭難時のことを夢に見る。

信じられないほど、天も地も白に埋め尽くされた視界の中、僅《わず》かに見える仲間たちのウェアの色。

次第に感じられなくなっていく寒さや冷たさ。反対にジワジワと増していく、底なし沼のようにねばっこい眠気。

必ず助けを連れてくるから待っていてくれ、そう伝えたときの、期待と悲しみと絶望が混じり合ったような恋人の瞳《ひとみ》。

とうに、指先の感覚は失われていたのだろう。夢の中の彼女の手は、のろのろと上げられはするものの、いつも決して夏神に届くことはなかった。

それなのに。

昨日は初めて、コスモス畑のような笑顔の彼女が夢に出てきて、夏神の手をギュッと握ってくれた。

もう忘れかけていた、自分のものよりひとまわり小さな、彼女の手。

温かで柔らかで、それでいて力強いその手の感触に胸打たれ、何も言えない夢の中の夏神の顔を見上げ、彼女は笑顔のまま、繋《つな》いだ手をぶんぶんと元気よく振った。

その瞬間、アラームが無情にも、夏神をこの世に呼び戻したのだ。

「そやけど、残念やなかった」

夏神は小さな声で独りごちた。

本来なら、もっと夢の中で長く共に過ごしたいと願ったはずだ。

しかし目覚めた瞬間、夏神は、自分でも意外なほど満ち足りた気分になっていた。

亡き恋人が、あのほんの数秒のアクションで、何一つ漏らすことなく、すべてを伝えてくれたと感じられたからだ。

といってもそれは、赦《ゆる》しなどという都合のいいものではない。

確かにあの遭難自体は、不幸な事故だった。

決して装備が疎《おろそ》かだったわけではなく、ただ、予期せぬ自然の脅威を前にすると、人間はあまりにも無力だったというだけのことである。

それでも夏神は、誰よりも大切な恋人をひとりで死なせてしまったこと、仲間が皆死んで、自分ひとりが生き残ったことを、ずっと「事実」として背負っていくつもりだ。

それは自分を罰するための「罪」ではなく、夏神なりのけじめであり、ひとり生き残った自分の人生を浪費しないための戒めとしての「事実」でもある。

ときに、ひとりで背負うには重すぎると感じることがあっても、逃げ道はない。喘《あえ》ぎながら一歩ずつ歩いていく人生しか、夏神にはもはやないのだ。

そんな自分の隣に、今は亡き恋人が、笑顔で立ってくれたこと。

力づけるように、労《いたわ》るように、繋いだ手を子供じみた勢いで振ってくれたこと。

それは、夏神が初めて得た、「愛《いと》おしい人が、今も傍《そば》にいてくれる。共に歩んでくれている」という感覚だった。

「俺には、他の幽霊が見えても、お前の姿だけは見えん。それは、お前が俺を恨んで、俺に腹を立てとるからかもしれんと思うたこともあったけど……」

夏神は、夢の中で彼女が握ってくれた右手を、湯から出して、大きな手のひらを見下ろした。

「一緒におってくれるんかな。それやったら、見とってくれ。俺は、この手で鍋を振る。他にできることは何もないから、この手で飯を作る」

ギュッと握った拳《こぶし》から、湯が滴る。

「生きとる人には、明日《あした》も生きてみようと思うような飯を。死んでしもた人には、そう悪うない人生やったとちょっとでも思ってもらえるような飯を」

ひと息置いて、夏神は溜め息のような囁《ささや》き声で付け加えた。

「ほんまは、誰よりもお前に食わせたい飯を」

途端にこみ上げるセンチメンタルな感情と涙を、おそらくは茶の間から顔を出して彼を呼ぶ海里の声が見事に吹っ飛ばす。

『夏神さーん！　そろそろ上がらないと、氷がジュースになるよ！』

「……しゃーないやっちゃ」

　夏神は苦笑いして、右の手のひらをもう一度つくづくと眺めてから、「今行く」と大声で返し、勢いよく立ち上がった……。

継続は力なり、という格言がある。

無論、すべてのケースにおいてあてはまることではないだろうが、こと「ばんめし屋」については、それは事実であるようだ。

兵庫県芦屋《あしや》市という自治体としてはかなり小さな街、そして阪神芦屋《はんしんあしや》駅から近いとはいえ、飲食店が並ぶ通りからは離れた、川沿いの古ぼけた一軒家。

見事な尖塔《せんとう》が印象的な教会と地元警察署に挟まれるという、なんとも微妙な立地のその定食屋は、開店以来ずっと、「日暮れから夜明けまで」という独特の営業形態を頑《かたく》なに守り続けている。

しかも、客にメニューの選択権はない。献立は常に日替わり定食一種類のみだ。

夜の人出が驚くほど少ないこの街で、そんな風変わりな店が積極的な宣伝もなしに営業を続けていられるのは、ひとえに店主の夏神留二が恐ろしく忍耐強い男だったからだろう。

開店当初は、一晩待ち続けても片手で数えられるほどしか客が来ず、売り物にするつもりだった食材をひたすら食べて命を繋ぎながら、彼はただ黙々と暖簾《のれん》を出し、闇の中に小さな光を灯《とも》し続けた。

　やがて、口コミで少しずつ客が増え、一年、二年と蓄えを切り崩して粘り続けるうち、店の経営もどうにか軌道に乗った。

　その頃、ずっとひとりで切り盛りしてきた店にも、変化が起きた。ある事件がきっかけで、元芸能人の五十嵐海里が住み込み店員となり、さらに……。

「夏神様、今日のキャベツはみじん切りで間違いはございませんか？　いつものように千切りではなく？」

　定食屋には不似合いなほど丁寧な言葉遣いで夏神に話しかけてきたのは、夏だというのにワイシャツに薄手とはいえニットベストを着込み、その上からコットンの実にシンプルなエプロンを身につけた、初老の白人男性だった。

流暢《りゅうちょう》な日本語を操るその男の名は、ロイドという。残念ながら、名字はない。

　彫りは深いが柔和な顔立ちや、明るい茶色のラブラドールレトリバーを思わせる瞳は、どこから見ても人間のそれだ。しかし、彼の正体は、齢《よわい》百年を超えるイギリス生まれの「眼鏡」である。

　持ち主に大切にされた古い器物には、ときに魂が宿るという。

　ロイドもそんな「付喪神《つくもがみ》」の一種であるらしい。

公園の茂みに捨てられていたところを救ってくれた海里を新たな主《あるじ》と定めたロイドは、

しょっちゅう人間の姿に変身し、こうして店の手伝いまで買って出ている。

夏神は元来、スピリチュアルなものに興味などなかった。

幽霊とて「もしかしたらいるかもしれん」程度には思っていたが、シリアスに信じてなどいなかったのだ。

それなのに彼の店には、何故かときどき死者が訪れる。

嘘ではなく、気のせいでも幻覚でもなく、この世に何らかの思い残しがある死者が、幽霊の姿でこの店に入ってくるのである。

ある者は、ただ客たちの喧騒《けんそう》を慕わしげに眺め、ある者は夏神や海里に何かを伝えようとする。

様々な幽霊たちと出会い、そのうち幾人かについては、この世を去る手伝いめいたことを経験するうち、夏神はこの世のものではない存在にすっかり慣れ、ロイドのことも意外なほどすんなり受け入れてしまった。

今となっては、ロイドはただの「古眼鏡」などではなく、大切な「ばんめし屋」の一員である。

瑞々《みずみず》しいキャベツを手に自分を見ている英国紳士に、夏神は簡潔に説明した。

「いや、今日の分は、千切りや。そやけどまず、明日の分の仕込みを先にしといてもらおうと思うてな」

ロイドは、軽く首を傾げる。

「明日の分、でございますか？　では明日は、敢《あ》えて一日放置したみじん切りのキャベツを付け合わせに？」

「いんや、明日の付け合わせは、コールスローにしようと思うとるねん。そやから、キャベツが終わったら、人参《にんじん》とタマネギもみじん切りにしてもらう。ロイドも包丁仕事がだんだん上手《うま》いことできるようになってきたからな。ええ稽古《けいこ》になるやろ」

　夏神にさりげなく褒められて、ロイドは嬉《うれ》しそうにニッコリした。

「おや、それは嬉しいご配慮、ありがとうございます。それにしても、明日の料理を今からお作りになるのでございますか？」

「そや。味付けして一日おくと、塩と酢がようまわって、パリッとした一夜漬けみたいな感じになるんや。そこでマヨネーズを足してシャッとあえると、ええ具合に馴染《なじ》む。缶詰のコーンがあったら、足してもええな。甘味がアクセントになりよるわ」

　夏神の説明に、ロイドは腑《ふ》に落ちた様子でニッコリした。

「ようございますね。では、腕によりをかけてみじん切りに致しましょう」

「そない細こうしすぎんでええで。ある程度はシャキッとした歯ごたえも大事やし、何より箸《はし》で食うてもらうんやからな。そこはええ塩梅《あんばい》で」

「かしこまりました。このロイドの卓越したセンスでやらせていただきます」

　大真面目な顔で請け合い、ロイドは大事そうにキャベツを抱えたまままな板の前に戻っていく。

二人の会話を聞いていた五十嵐海里は、分厚い豚ロース肉の脂身と赤身の間にペティナイフを入れて筋切りをしながら、小さく噴き出した。

「おいおい、自分で『卓越したセンス』とか言ってんなよ」

「おや、これは失礼致しました。海里様にそう言っていただくのを待ちきれず、つい」

「んなこと、言う予定はもとからなかったっつの。っていうか、コールスロー、作り方変えたんだね、夏神さん。前は、キャベツと人参だけだったし、キャベツもみじん切りじゃなく千切りだったろ。何より、作ったその日に出してたのに」

　夏神はそんな海里の指摘に、ちょっと照れ臭そうに笑った。

「それが、こないだの休み、俺、ボルダリングに出掛けたんや。その帰り、久しぶりに国道四十三《ヨンサン》号沿いのケンタッキーでフライドチキン食うてな。付け合わせにコールスローを頼んだら、記憶より旨《うも》うて。あれに似せたやつを作りとうなったんや」

「ああ、わかる！」

　海里は実感のこもった声で相づちを打った。人間の食べ物に興味津々のロイドも、いったん持った包丁を置いて、二人の会話に入ってくる。

「ケンタッキーフライドチキンというと……白髭《しろひげ》の好々爺《こうこうや》がトレードマークの、美味《おい》しい鶏料理でございますね」

「そうそう。前にバーレルで買ってきて、三人でガツガツ食ったことあったよな。コールスロー、あんとき以来だから、軽く半年以上は食ってないや。ああ、恋しくなってきた。他人が食った話を聞くと、急にすげえ食いたくなるよ。絶妙な味付けと歯ごたえだよな、確かに。うう、切実に食いたい！」

悔しそうに呻《うめ》く海里に対して、大きな冬瓜《とうがん》を切り分け、鮮やかな緑色の皮を剝《む》きながら、夏神はしてやったりの笑みを浮かべた。

「コールスローは、ようけえ仕込んだほうが旨《うま》いから、明日《あした》、まかないでちょっと食うたらええ。味を確かめてくれや」

「マジで？　やった！　どんくらい似せたか、ジャッジできるね。つか、じゃあ明日の主菜もさ、いっそフライドチキンにしようよ。夏神風フライドチキン！　むしろ俺が滅《め》茶苦《ちゃく》茶《ちゃ》食ってみたいやつ」

「はっ、わたしもそれは是非、食してみとうございます！」

海里の提案に、ロイドもすかさず同意する。しかし夏神は、呆《あき》れ顔で広い肩を揺すった。

「アホか。俺が作っても、フライドチキンやのうてでっかい唐揚げになってまうわ。さすがにあのスパイスは、すぐには真似できん。っちゅうか、今日がトンカツで明日が唐揚げやったら、揚げ物続きでようないやろ。続けて来てくれはるお客さんがいるかもしれへんのやしな」

呆気《あっけ》なく却下され、海里はいくぶんガッカリした様子で、それでも渋々同意した。

「それもそっか。じゃ、今日が肉だから、明日は魚？」

「おう。魚屋さんが予定どおりに仕入れができたら、明日はタチウオの切り身を入れてもらう予定やねん。夏から秋にかけて旨《うも》なる魚やし」

　タチウオと聞いて、海里はペティナイフを置いて両手を広げ、タチウオの細長いシルエットを形作ってみせた。

「タチウオか。銀色のピカピカがかっこいい魚だな。焼くんだよね？」

「そやな。塩胡椒《しおこしょう》して、粉を薄うはたいて……脂の乗りがよかったら、米油で皮目をカリッと。まだイマイチやったら、仕上げにバター足してムニエルやな」

「なるほど、そりゃコールスローがよく合いそうだ」

　海里の言葉に、ロイドも同意する。

「夏らしい、爽《さわ》やかなお献立でございますね。さて、では、腕によりをかけて、美味《おい》しいキャベツを刻みましょう」

　そう言ってロイドは作業に戻り、海里も筋切りを再開した。しかしその視線は、夏神の手元にもチラチラと向けられている。

「ところで夏神さんのそれ、もしかして、いつものやつ？」

　問われた夏神は、緑色の冬瓜を手に、軽く頷《うなず》いた。

「そや」

　いつものやつ、というのは、新聞記事のことである。

　今年の春から、夏神は地元紙「兵庫新聞」で、週に一度、料理記事を連載している。

「昔の味を、今日の食卓に」というのがコーナータイトルで、明治《めいじ》時代から第二次世界大戦前後くらいの家庭料理を、現代人の味覚に合う、気軽に試せるレシピにアレンジして紹介するというのが、基本的なコンセプトだ。

その記事を見て「ばんめし屋」を訪れる客も徐々に増え、そうした人々は、記事に掲載された昔懐かしい料理を店で食べてみたいとリクエストするので、夏神は最近、古いレシピからとった料理を定食の一品にすることが増えた。

「汁物でしょ？　昔のメニューって、冬瓜のみそ汁《しる》ってこと？」

「いや。本では冬瓜のみそ汁やってんけどな。それやったらおもろないやろ。今日は、すまし汁にする」

ふつふつと沸いた出汁《だし》にみりんと薄口醤油《しょうゆ》で淡く味をつけたところに、夏神は薄切りにした冬瓜をどんどん放り込んでいく。

海里は肉の処理を続けつつ、軽く伸び上がって鍋《なべ》の中を覗《のぞ》いた。

「冬瓜って、身体を冷やしてくれるんだっけ。確かに夏向きの食材だけど、すまし汁だとビジュアルがちょっと地味すぎね？　味だって正直、だいぶ薄ぼんやりな気がする。トンカツに負けちゃわないかな。そもそも、面白くもないじゃん？」

夏神は冬瓜の皮を剥いてはスライスし、鍋に入れる作業を淡々と続けながら、太い二の腕をポンと叩《たた》いてみせた。

「そこは、料理人の腕の見せどころやろ」

「お、ってことは、何かアイデアがあんの？」

「そらそうや。実は、レシピを合体させてもええん違《ちゃ》うかと思うてな」

「合体？」

「すまし汁と、何を合体させるのでございますか？」

遠くから、ロイドも興味をそそられた様子で問いかける。何しろ、ロイドの本体は「セルロイド眼鏡」なので、熱には極めて弱い。厨房《ちゅうぼう》で作業をするときには、コンロから常に離れている必要があるのだ。

夏神は最後の冬瓜を鍋に投入すると手を洗い、足元の戸棚から一冊の本を取りだした。折敷に載せた料理を持って微笑む割烹着《かっぽうぎ》姿の女性が描かれた表紙は今にも外れそうだし、紙の縁も茶色く変色してしまっている。見るからに時代を経た本だ。

調理台を綺麗《きれい》に拭《ふ》いたところに広げて置かれたその本を、海里とロイドは早速覗き込む。濡《ぬ》れた手から水滴を落とさないよう、ろくろっ首のようににゅーっと首を伸ばして見るのは、二人なりの配慮である。

夏神は、太い指で丁寧にページをめくった。

「これは、昭和十二年の料理雑誌の附録や。附録言うても、料理のレシピが千種類載ってるていうんやから、大したもんや。今日は、このレシピ本を使う」

「昭和十二年っていうと……」

「一九三七年やな。最近、いちいち調べんでもわかるようになってきたわ」

努力をひけらかすことは絶対にしないが、言葉の端々やちょっとした動きから、夏神がいかに昔の料理本をたくさん読み込んできたかがわかる。

海里は感慨深そうに、夏神と料理の本を交互に見やった。

「そんな昔から主婦は献立に悩んでて、お助けレシピ本が人気だったんだな」

「昔は手に入る食材も限られとったやろし、保存もきかんもんが多かったやろ。その日ぃに手元にあるもんで目先を変えんとあかんっちゅう悩みは、今よりずっと深かったん違《ちゃ》うか？」

当時の主婦に思いを馳《は》せるかのようなしみじみした夏神の口調に、海里も納得して幾度も頷く。

「それもそっか。毎日同じ食材しか買えないってことも、多々あったんだろうな。で、どれとどれを合体させるの？」

「これや。まずは、さっき言うた『冬瓜のみそ汁』。それと、これや、『トマトの清汁《すまし》スープ』。ええ取り合わせやろ？」

どこか得意げな夏神とは対照的に、海里とロイドは冴《さ》えない表情で顔を見合わせる。

「なんや、その薄い反応は？」

やや不満げに夏神に咎《とが》められ、海里は戸惑いながら答えた。

「や、だって……それってつまり、二つ合わせて『冬瓜の清汁スープ』ってことなんじゃ。で、チキンスープを出汁に置き換えただけでしょ。正直、だいぶ安直じゃね？」

夏神は、バンダナの下の太い眉《まゆ》を八の字にした。

「アホ。それやと、トマトがどっか行ってしもとるやないか」

「トマトも入るの？」

「おう。そのほうが、色合いが断然、綺麗になるやろが」

夏神は、調理台の片隅に並べてあったトマトを一つ、それに乾物置き場から乾燥アオサの袋を持ってきて、本の横に並べた。

「冬瓜が軟らこう煮えたらマッシャーで粗く潰《つぶ》して、片栗粉で汁にとろみを付ける」

海里は夏神の説明を聞きながら、本のレシピと照らし合わせた。

「なるほど、汁にとろみを……ってのが、トマトの清汁のレシピにあるね」

「そや。お客さんに出す前に、湯むきにしたトマトの角切りを入れて軽う煮て、レシピにある『パセリを散らす』っちゅうんをアオサに換えて、あとは……そやな、おろし生《しょう》姜《が》を吸い口にちょんと添える」

店の手伝いをするうち、説明を聞くだけで完成した料理を想像することができるようになったらしい。ロイドは目を閉じ、うっとりした表情で頷く。

「ああ、淡い冬瓜のお清汁の中で、鮮やかなトマトの赤と、アオサの緑。それは美しゅうございましょうね。イタリアンカラーでございますなあ」

夏神は、我が意を得たりと大きく頷いた。

「まあ、乾燥アオサやから、そない鮮やかな緑にはならへんのやけど、味はぐんとようなるはずやで。冬瓜《とうがん》の淡い味に、アオサのほどよい磯の風味、トマトの酸味と甘味を足して、とどめに生姜でパンチをきかす。口に残ったトンカツの脂も、さっぱり流してくれそうやないか？」

　海里は軽く興奮した様子で、さっきより勢いよく頭を上下に振った。

「なんか、凄《すご》くいい！　なるほど、レシピ合体か。考えたね、夏神さん。お客さんの評判がよかったら、新聞の記事にも使ったりする？」

「そやな。これやったらさほど手間もかからんし、失敗もあれへんやろ。トマトの湯むきが面倒やったら、プチトマトを半分に切ってぶち込んでもええんやしな。皮は勝手に剝《は》がれるから、摘《つ》まんで捨てるなり、そのまま食うなり、好きにしたらええわ」

「ふむふむ。マジで、いいメニューだと思うな。うちの夏の定番になるかも？」

「そのくらい、人気が出たらええなあ」

夏神は笑いながら、頬にうっすら滲《にじ》んだ汗をTシャツの袖《そで》でグイと拭《ぬぐ》った。

　エアコンをつけていても、仕込みでずっとガスコンロを使い続けていると、やはりそれなりに暑い。だが、外はそれどころではないはずだ。

　連日、三十度どころか三十五度を超える猛暑日が続き、夜も蒸し暑くて寝苦しい。海里は言うまでもなく、タフな夏神でも、いささかバテ気味だ。

「大根おろし、つけよか」

　ふとそんなことを言い出した夏神に、海里はキョトンとする。

「何、いきなり？」

「いや、暑いからスタミナつけなアカンし、家で揚げもんなんか暑うて嫌な人も多いかと思うて、今日の日替わりはトンカツにしたんや。そやけど、揚げもん自体がしんどい人もおるやろ。大根おろしと刻んだ大葉でも添えたら、食いやすうなるん違《ちゃ》うか。あと、ポン酢と」

「あ、それいいね！　今日は、俺もソースより大根おろしと大葉の気分。脂っこさも罪悪感も減りそう」

　海里は即座に賛成した。

「ということは、今宵《こよい》の日替わりメニューは、和風おろしトンカツ、でございますね。素晴らしい。皆様、きっとお喜びになりますよ」

　本当に丁寧に刻んだキャベツをざるに山盛りにしながら、ロイドもニッコリする。

「オッケー。そんじゃ、肉の処理が終わったら、俺、そこの『パントリー』まで、大根と大葉を買いに行くよ。大葉は大丈夫だろうけど、大根、あんま高くないといいな」

「そやな。あと、夏大根は辛味が強い奴が多いから、早めにすり下ろしとかんと……」

　頭の中で原価計算をやり直しながら、夏神は「思いつきでこんなんやっとるから、いつまで経っても儲《もう》からん店やねんなあ」と力なく、そのくせどこか楽しげに呟《つぶや》いた。

　損して得取れ、というのは本当なのかもしれない。

夏神が思った以上に「和風おろし」は魅力的なフレーズだったらしく、その夜の「ばんめし屋」は、いつにも増して盛況だった。

日頃はしばらく暇なはずの開店直後からほぼ満席状態が続き、しかも、夏神の力作、冬瓜とトマトのすまし汁もおかわりの希望が相次いで、嬉《うれ》しい悲鳴と共にもう一鍋《なべ》、作り足すことになった。

働き詰めの三人がようやくひと息つけたのは、日付が変わった頃であった。

さっきまでの喧騒《けんそう》が嘘のように無人になった客席を見回し、海里は悲鳴に似た声を上げた。

「ふあー。さすがに今日は凄かったな。和風おろしトンカツパワー、凄《すげ》えわ」

「ありがたいこっちゃ」

いかにも店主らしく厳かな口調でそう言った夏神は、水を浴びたように汗だくになっていた。

開店からずっと、油の入った鍋の前に立ち、トンカツを延々と揚げ続けていたので、三人のうちもっとも熱にやられているはずの夏神だが、その顔は晴れやかである。

「やっぱ、家で揚げ物はしんどくても、外では食いたいんだな、みんな」

「トンカツは旨《うま》いからな」

「ね。余ったら俺も……ってか、あれっ？」

冷蔵庫を開けた海里は、戸惑ったようにロイドを見た。

「なあ、ロイド。俺、衣をつけた豚肉、冷蔵庫のここに入れてたよな？」

シンクに山積みになった食器をせっせと洗いながら、ロイドは首をねじ曲げるように振り返り、海里を見て頷《うなず》いた。

「はい、いつものように、バットに並べてそちらに整然と」

「だよな。っつーことは、ヤバいよ、夏神さん」

「あ？」

首に掛けたタオルでゴシゴシと顔の汗を拭っていた夏神は、訝《いぶか》しげに海里を見る。海里は、焦った様子で冷蔵庫の扉を閉め、こう続けた。

「トンカツ、もうない」

「へ？」

「品切れ。さっきのお客さんたちの分で、ナイス使い切りだったみたい。ずっとバタバタしてて残量を確かめる余裕がなかったから、気がつかなかった」

それにはさすがの夏神も目を剝《む》いた。

「ホンマか？　どっかにバットの一枚や二枚、紛れ込んでへんか？」

「ないんだよねえ、それが」

「しもたなあ。読みが甘かった」

夏神は悔しそうに、バンダナの上から額をペシッと叩《たた》き、天井を仰いだ。

「暑いから、お客さんもそない来はらへんと思うとったんや」

「俺もそう思ったけど、日替わりメニューの掲示を出してから、確かに足を止めて見ていく人、何人か見かけたもんな。それに」

海里はエプロンのポケットからスマートフォンを出し、夏神に向けて軽く振ってみせた。

「先々週から、ＳＮＳで『今日の日替わり』のお知らせを始めたじゃん？　それを見て来てくれる人も、少しずつだけど増えてきたみたいなんだよねえ」

ＳＮＳと聞くなり、アナログ人間の夏神は、どこか不安げな表情になる。

「ああ、俺にはＳＮＳとかは全然わからんから、口を出さんと今まできたけど、大丈夫なんか？」

芸能人だった頃からＳＮＳを宣伝ツールとして使いこなしていた海里は、むしろ不思議そうに問い返す。

「何を心配してんの？」

「いや、テレビのニュースやらでよう言うとるやないか。『ＳＮＳで炎上』とか。何を燃やしとんのか知らんけど」

その言いように、ＳＮＳの何たるかを本当に知らないらしいことを察して、海里は小さく笑った。

「ホントに燃やしてるんじゃないよ。たくさんの人に、寄って集《たか》って叩かれるって意味。俺は、ＳＮＳじゃなくてリアルでやられたけどね」

芸能界を追放されるきっかけになった事件のことをみずから茶化して、海里は苦く笑う。夏神が慌てて「あ、いや」と話題を変えようとするのを片手で制して、海里は話を続けた。

「大丈夫だって。あれはもう過去の話。つか、確かに、SNSで迂闊《うかつ》なこと言うと、批判したくてたまらない暇人を集めちゃうから、気をつけなきゃダメだけどね。だから俺、『ディッシー！』ってやってた頃から、SNSは純粋な宣伝にしか使ってねえの」

「そうなんか？　ファンと触れ合うとか、そういうこともするん違《ちゃ》うんか？」

「でっかい事務所なら、マネージャーがちゃんとチェックして、危ないことや余計なことを言わないように注意してくれるんだろうけど、うち、そういうのゼロだったからさ。美和《みわ》さん……社長も、夏神さんに毛が三本生えたくらいしか、SNSのことはわかってなかったし」

「毛が三本……。そら、聞くだに危険そうやな」

「危険危険。だから、ファンと交流っても、寄せられるコメントにまとめて返事するだけだったよ。それも、『応援してね！』とか『今日はありがとう！』とか、『番組見てね！』とかそういうビジネスライクなことばっか」

　ピンク色のゴム手袋を着け、綺麗《きれい》に濯《すす》いだ皿をラックに並べつつ、ロイドは軽く眉《まゆ》をひそめた。

「それはまた、いささか心のこもらないお言葉のようにお見受け致しますが」

「だよなあ。今思えば誠実じゃなかったっつか、なんか返事さえすりゃ嬉しいんだろって、ファンのこと、完全に見くびってたっつか。あれはマジでよろしくなかったな。今からでも謝りたいよ」

海里は本気で反省していることがわかる生真面目な口調でそう言った後、「だけどさ」と軽くムキになってロイドに反論した。

「全員に優しく丁寧に応対とか、無理だろ。俺のほうは、ひとりなんだし。依怙《えこ》贔屓《ひいき》にならないように全員を平等に構おうとすると、そういう感じになっちゃうんだよ。ある意味、不可抗力」

「さようでございますか？」

「ございますんだって。勿論《もちろん》、『ばんめし屋』のアカウントでは心をこめてって思ってるけど、それでも個別対応は難しいし、変に絡まれても嫌だろ？　だから基本、店を開けた閉めたの報告と、日替わりメニューの紹介と、お客さんが寄せてくれたコメントにはお礼だけ言ってる。お客さんとの距離感は、そっけないくらいが安全だと思うよ、俺」

それを聞いて、夏神はやっと愁眉《しゅうび》を開いた。

「それやったら、よかった。まあ、お前に任しといたら間違いはないと思うけど、ＳＮＳて、そない役に立つもんか？」

「まあ、そこは使いよう。前に李《り》英《えい》に会ったとき、『お店に伺おうと思ったとき、やっぱり営業してるかどうかとか、今日の日替わりは何かとか、わかったほうがありがたいです』って言われたから、それで始めてみたんだ。やっぱ、口コミで行きたいと思ってくれた人の背中を押すくらいの力はあるみたいだよ」

「はあ、なるほどなあ」

「あと、わざわざここまで見に来なくても日替わりメニューがわかるの、どう考えても便利じゃん」

「そら、そうやな。ほな、これまでお客さんに不自由かけとったんやな。すまんことしてしもた」

夏神は申し訳なさそうに肩を落とす。

「まあまあ。今度、教えるからさ。夏神さんも何か書き込んでよ。店主挨拶《あいさつ》、とか」

「おう。得意やないけど、頑張るわ。まあ、それはそれとして、や」

夏神は困り顔で腕組みした。

「トンカツ品切れて、そのＳＮＳで早速報告してもらうとして、代わりのもんを考えんとあかんな。冷凍庫、何がある？」

「そうでございますねえ」

ロイドはさっそく冷凍庫を開け、ぎっしり詰まった食材を素速くチェックして答えた。

「夏神様、鶏《とり》のもも肉がまとまった量、ございますよ」

夏神はポンと手を打った。

「そや。こないだ安いとき、まとめ買いしといたんやった。ほな、それで……」

「夏神風フライドチキン！　もとい、でっかい唐揚げ！」

すかさず、海里は昼間の会話を蒸し返す。夏神は苦笑いで「ええよ」と頷いた。

「唐揚げやったら、すぐに仕込めるからな。イガ、まずは五枚ほど解凍しといてくれや」

「了解。……あ、ちょい待ち」

ロイドから受け取ったフリーザーバッグを抱えたまま、海里はふと口を噤《つぐ》んだ。数秒、風の匂いを嗅《か》ぐ鹿のようなポーズで制止したと思うと、フリーザーバッグを調理台の上に置き、カウンターからホールに出て行く。

「どうなさいました、海里様？」

「いや、ちょっと」

ロイドの問いかけに曖昧《あいまい》に答えた彼は、店の引き戸を開け、「あー！」と声を上げた。

「どないしたんや？」

「たぶん、もうじき雨が来るよ」

海里がそう言い終わるか否かというタイミングで、夜の闇がピカッと白く光り、数秒後、雷鳴が轟《とどろ》いた。

ヒャッと悲鳴を上げ、海里は慌てて戸を閉める。

「さっき、なんか引き戸の向こうが光った気がしたんだよね。やっぱ降るな、これ。むわっと土の匂いがしたもん。雨の前の匂いだよ」

「てっきり都会っ子やと思うとったら、お前、とんだ野生児やな」

笑いながら、夏神は汗に濡《ぬ》れたバンダナを外し、ワシワシとタオルで頭を拭《ふ》いた。

「地球の気候も、いよいよおかしゅうなってきとるんやろかな。もう、真夜中過ぎやのに、今頃夕立かいな」

「こういうのも、夕立って言うの？　むしろ夜立……あっ、早速来た」

海里の言うとおり、アスファルトの路面を叩《たた》く雨音が、引き戸を閉めていても聞こえてくる。ゲリラ豪雨並みの雨が降り始めたようだ。

ロイドは、気遣わしげに引き戸のほうを見た。

「せっかくご盛況でございましたのに。さような本降りでは、お客様の足も重くなってしまいそうですね」

「そやなあ。やっぱ、お客さんが来はってから解凍するか、鶏肉」

「だね。雨が止まなきゃ、今夜はこのまま店じまいになるかもだし。だけどもう、一日分のお客さんは来てくれたってことだから、まあいいよな、それでも」

「まあな。通り雨やとは思うけど」

新たに清潔なバンダナで頭を包み直し、夏神は、揚げ油の中に少し残ってしまっていたパン粉のかすを丁寧に掬《すく》い取り始める。

「夏神さんは、上に行って休憩しなよ。ロイドは洗い物してるし、俺はかるーく、客席を綺麗にしとくかな」

遠回しに、閉店後の作業をジワジワ始めると宣言して、海里はダスターに手を伸ばした。

ところが。

三人ともが驚いて動きを止めるほど勢いよく引き戸を開け、誰かが突然、店に駆け込んできた。

ザアアアッと滝のように降る雨の音をバックに、荒い息を吐いて立ち尽くしているのは、ひとりの若い女性だった。

初めて見る顔だ。しっかりめの化粧をしているので年齢はハッキリとはわからないが、おそらく三十歳になってはいないだろう。

傘を持たずにこの豪雨に見舞われたらしく、全身、水を浴びたどころか、プールか風《ふ》呂《ろ》から上がってきたばかりのように濡れそぼっている。

彼女が纏《まと》っているレモンイエローの袖《そで》なしワンピースは、裾《すそ》が大きく広がる膝丈《ひざたけ》のAラインだ。晴れた日に見たら心が晴れ晴れするような服だが、今は、彼女を「濡れそぼったてるてる坊主」のように見せてしまっている。

それに気付いた瞬間、うっかり笑ってしまいそうになり、海里は慌てて頬と口元を引きしめた。

「いらっしゃい！　悪いけど、ボトボト水が滴ってるから、そこから動かないで。すぐ、タオルを」

「お持ち致します！　しばしお待ちを！」

ロイドは慌てて二階へ駆け上がり、すぐに洗い立てのバスタオルを持って戻ってきた。

「こちらをお使いください。足りなければ、すぐに追加をご用意致します」

「……ども」

ロイドの口から飛び出す流暢《りゅうちょう》かつ丁寧な日本語に面食らったのを隠しもせず、彼女はロイドのにこやかな顔を凝視しつつバスタオルを受け取り、背負っていたがま口タイプの小さなリュックサックをカウンターの上に放り投げた。

当然ながら、こちらもびしょ濡れのバッグは、カウンターの上に盛大に水しぶきをまき散らす。綺麗に並べられた調味料の容器が、ガタガタと控えめに抗議の声を上げた。

「うわ」

海里は思わずどん引きの表情で、ダスターとタオルを手にそちらへ向かう。見れば、夏神も酷《ひど》く渋い顔をしていた。

(そりゃ、料理を置くところにびしょ濡れのバッグを置かれたら、誰だって嫌だよなあ。ああ、ここに来て、ヤバい客来ちゃったかも)

とはいえ、雨に降られて気の毒だと思う気持ちもある。

とりあえず咎《とが》めるのはやめにして、海里はリュックサックをそっと持ち上げ、タオルを敷いた座席の上に移動させた。

それから開けっぱなしになっていた引き戸を閉め、さっきの夏神に負けず劣らずの勢いで頭を拭いている女性に近づいて声を掛けた。

「急に降ってきたから、大変だったでしょ。ずぶ濡れみたいだし、よかったら着替え貸そうか？　男所帯だから、Ｔシャツとハーフパンツくらいしかないけど」

「…………し」

「ん？」

タオル越しの言葉が聞き取れず、海里はさらに一歩、彼女に近づく。

「要らんし。そもそもぉ、こんなとこで脱げるわけあれへんやん。痴漢か！」

今度はタオルを頭から外し、女性はやけにキッパリとした拒絶の言葉を口にした。

その無礼な物言いよりも海里を驚かせたのは、鼻を刺激する強いアルコール臭だった。

（こりゃ、めちゃくちゃ飲んでんな。よく見たら、顔、真っ赤じゃん）

その凄《すさ》まじい臭気は、カウンターの中の夏神にも届いたらしい。彼はますます険しい面持ちで、大きなグラスに水道水を汲《く》んだ。そして、カウンター席にどんと置く。

「拭けたら、まずは座って水でも飲み」

普段から、泥酔した客は毅然《きぜん》とした態度で追い出す夏神である。それを思えば、彼女に対するこの行動はかなり優しいのだが、いかんせんもともと顔つきがいかついので、おそらく女性は、夏神に凄《すご》まれたと感じたのだろう。

「何なん、その態度。客やで、あたし」

まなじりを決し、彼女は夏神をまっすぐ指さして、「失礼ちゃう？」と上擦った声を上げた。かなり、呂律《ろれつ》が怪しい。やはり、相当、酒に酔っているようだ。

（そもそも、人を指さすのは失礼だって、お母さんに教わらなかったのかね）

心の中でぼやきつつ、海里は女性の身体に触れないよう注意しながら、夏神の意を汲んで、カウンターのほうへ誘導しようとした。

「はいはい、失礼致しました。とにかく、まずはお席のほうにどうぞ」

「ほんま失礼やわ。信じられへん」

母音のすべてが滑り落ちていくようなだらしない口調でそう言いつつ、女性は使い終わったバスタオルを海里に投げつけた。そして、あやうい足取りでカウンターへと向かう。驚くほどヒールが高いウエッジソールのサンダルを履いているので、今にも転んでしまいそうだ。

「大丈夫でいらっしゃいますかね」

オロオロするロイドに「どうだろな」と耳打ちしてバスタオルを託し、海里は女性のために椅子を引いてやった。

「ぶえええぇ」

その高級レストランのようなサービスを気に留めることもなく、女性は細い身体を投げ出すように椅子に掛け、カウンターに上半身をガバッと伏せて奇妙な呻《うめ》き声を上げた。

投げ出した手があやうく吹っ飛ばしそうになった醤油《しょうゆ》差しを、海里は奇跡的なタイミングで摑《つか》み、ことなきを得る。

「水」

夏神は現在進行形で苦虫《にがむし》を噛《か》み潰《つぶ》しつつ、それでもどうにか平静を装い、ぶっきらぼうに酔い醒《ざ》ましの水を飲むよう促す。

いくら泥酔していても、夏神の全身から立ち上る怒りのオーラを感じたのか、女性はほんの少し顔を上げ、両手でどうにかグラスを持って、口を付けた。

そのまま、必要最小限の動きで啜《すす》るように水を飲む女性を、三人は無言で見守った。

まず最初に気になるのは、女性のまだじっとりと湿った髪である。

カラーリングされた髪など昨今では珍しくないが、それにしても彼女の髪の色は前衛的だった。

生え際から耳のあたりまではやや紫がかったピンクで、そこから徐々に色がグラデーション状に変化していき、肩に届く毛先あたりは明るいグリーンになっている。

（徹底的にブリーチかけてから染めたんだろうな。髪、傷むぞ）

そんなことを思いながら海里が女性の後頭部を眺めていると、グラスの水をほぼ飲み終えた女性は、遠慮なしの大きなゲップをしてから、甲高い声を張り上げた。

「ねー、おらんやんー。なんでなん？」

「あ？」

女性の正面に腕組みして立った夏神は、仁王の眼で女性を睨《にら》みつけている。それにも構わず、女性は空っぽになったグラスをゴトリと倒し、駄々っ子じみた口調で言った。

「せっかく来たったのにぃー。どこにもおらんやん、カイリくんがぁ」

「！」

海里は驚いて身を硬くした。

（俺!?）

どうやら、女性の目当ては海里だったらしい。

夏神とロイドの視線も、いっせいに海里に注がれる。

（え、俺……ってことは、芸能人時代の俺のファン……なのかな、この人）

海里は戸惑いの視線を夏神とロイドに返す。

確かに、ワイドショーに海里がここで働いていることをすっぱ抜かれて以来、デビュー作のミュージカル時代から熱心に応援してくれるファンが、客として訪ねてくることはままある。

今の海里の姿を見て安心してくれる人あり、芸能界復帰を願う人あり、反応は様々だが、皆、一様に節度を持って海里に接してくれて、これまで店に迷惑をかけるような人は誰もいなかった。

ところが、ここにきてこの強烈なキャラクター登場である。

（夏神さんに悪いな。できるだけ穏便に、出て行ってもらえるようにしなきゃ）

そう考えながら、海里は女性に近づいた。

「あの、いるんだけど」

「ハァ？」

女性は気怠《けだる》そうに片手で頬杖《ほおづえ》をつき、どうにか重い頭を支えているといった様子で、胡乱《うろん》な目を海里に向ける。雨に濡《ぬ》れた顔をタオルで擦《こす》りすぎたせいで、アイラインやマスカラが、大きな目の周りから頬にかけての広いエリアをどす黒く染めている。

海里は、自分の顔を指さして、ゆっくりと言葉を句切りながら告げた。

「だから、俺が、五十嵐……元、カタカナのカイリ。現、漢字の海里」

「………」

女性は極限まで目を細め、しばし無言で海里を睨《ね》めつけた。海里のほうも、自分の顔を指さしたまま、動きを止める。ロイドも夏神も、どうしていいかわからない様子で、二人をじっと見守っている。

やがて女性は、酒臭い息を吐き、ボソリと言った。

「嘘やん……ほんまやん」

海里はやはり困惑しつつも言葉を返す。

「嘘じゃなくて、ホント。俺がかつて五十嵐カイリだった、五十嵐海里」

すると女性は、いかにもガッカリした様子でカウンターに片頬を押しつけた。

「芸能人違《ちゃ》うようになったかて、持って生まれたオーラは消えへんもん違うん？　もう、ゼロやん。むしろ、マイナスやん！　全然、気ぃつかへんかったわ。えー……超がっかり。全然フツーやん。カイリ君のキラキラ、テレビのマジックやってんな」

唐突に投げつけられた痛烈な批判に、海里の頬がピクッと痙攣《けいれん》する。

彼女が倒したグラスをカウンター越しに拾い上げ、夏神はドスの利いた声で言った。

「イガはもう、うちの大事な従業員や。クソミソに言うんはやめてもらおか」

「夏神さん、俺は平気だから」

海里は小声で夏神を制止しようとしたが、それを遮るように、女性は平手でカウンターをバシバシと叩《たた》きながら、「やめへん！」と大声を上げた。

「おお……いったい、どうすれば」

いつもは巧みな客あしらいを見せるロイドも、予想だにしなかったシチュエーションに混乱しているのだろう。主《あるじ》である海里を貶《けな》された憤りと、夏神がカウンターに座らせた以上、いかに無礼であっても彼女を客として扱わなければならないという義務感とかが入り交じり、普段は穏和な顔に、見たことのない複雑な表情が浮かんでいる。

海里は、夏神とロイドをこれ以上動揺させまいと、必死で彼女を落ちつかせようとした。

「や、それは確かにホントのことだと思う。ごめんな、ガッカリさせて」

しかし、その言葉が、彼女の苛立《いらだ》ちにうっかり火を点《つ》けてしまった。

「ホンマやわ！　超ガッカリやわ！　舞台の上の五十嵐カイリ、めっちゃかっこよかったのに！　騙《だま》されとった！」

やはりカウンターをばんばんと勢いよく叩きながら叫んだ彼女は、そのままの勢いでむくりと起き上がり、真正面にいる夏神に向かって吠《ほ》えた。

「もうええわ！　トンカツ！　はよ、トンカツ出して！」

よく見れば、赤らんで酷《ひど》くむくんでいるものの、彼女はなかなかに整った顔立ちをしている。どちらかといえば、美女というよりは親しみやすい童顔だが、素面《しらふ》ならもっと魅力的に見えるに違いない。

しかし、今はまさに「大トラ」と呼ぶべき泥酔ぶりに、男三人が大いに振り回されている状態だ。

それでも夏神は、店主として毅然《きぜん》とした態度でこう宣言した。

「今、あんたに出せるんは、水だけや」

だが、女性もまったく負けていない。

「なんで！　日替わり、トンカツなんやろ！　和風なんちゃらトンカツ！　食べたいからわざわざ来たったんやん。はよ出しいや。あたし、客やで！」

「そない酔うた状態で揚げもんなんか食うたら、どのみち気持ち悪うなって吐いてしまうやろが」

「食べても吐いてもあたしの勝手やろ！」

「この店で勝手してもええんは、店主の俺だけや。今のあんたに、客になる資格はあれへん」

「なんやの、それ！」

二人がもはや喧嘩《けんか》状態になりかけているのを傍観しきれず、海里は努めて明るい表情と口調で、二人の間に割って入った。

「あのさ、今夜はもう、トンカツが品切れなんだよ。お客さん多くてさ。ほんと、重ね重ね申し訳ない」

どうにか女性を宥《なだ》めたい一心の謝罪だったのだが、夏神も女性も、それが逆に癇《かん》に障ったらしい。

「お前が謝らんでええ！　品切れは、店主の俺の責任やないか」

尖《とが》った声を出す夏神に続いて、女性もガランとした店内に怒声を響かせる。

「責任なんかどうでもええわ！　オーラもない、トンカツもない、ほな、この店には何があるん！」

「何って……えー、俺、色んな意味で滅多打ちじゃね？」

「まことにお気の毒でございます」

同情のこもった一言を海里に投げかけてから、ロイドは意を決したように、それでも穏やかに女性に話しかけた。

「夏神様の仰《おっしゃ》るとおり、今のあなた様はお食事ができる状態ではありますまい。またわたしとて、これ以上、海里様が愚弄《ぐろう》されるのを黙って看過することは出来かねます。恐れ入りますが、お帰りになり、酔いをお醒ましになって、改めてご来訪を……」

「うるさい！　うーるーさーいー、黙れ、オッサン！」

「お、オッサンとは手厳しくていらっしゃる。ああいえ、むしろ爺《じじい》と呼ばれなかったことを感謝すべきなのでしょうか……」

「いや待てロイド、お前も十分過ぎるほど混乱してるぞ。落ちつけよ」

「は、申し訳ありません、海里様。かように悪酔いなさっているお客様は初めてなものですから、つい取り乱してしまいまして」

「わかる。俺もほら、芸能人時代に酔っ払いの介抱で痛い目見てるからさ」

そんな主従のヒソヒソ話をよそに、女性は怒り心頭に発した様子で、よろめきながら立ち上がった。

「あたしには、明日《あした》なんかあれへんの！」

そう言いながら店を出て行こうとして一歩踏み出すなり、脱げかけたサンダルの中で足が泳ぎ、彼女はあっという間に床に転がってしまう。

「うわっ、だ、大丈夫？」

海里は慌てて駆け寄り、しゃがみ込んで彼女を抱き起こそうとした。しかし、女性は海里の手を乱暴に振り払うと、床に大の字になった。そして、今度こそイヤイヤ期の幼児そのもののアクションで、手足を激しくばたつかせて叫んだ。

「人生最後の夜にするねん！　そやから、憧《あこが》れのカイリ君に会って、大好きなトンカツ食べて、思い残すことないようにしようと思うたのに！」

「じ、人生最後の夜!?」

思いがけない発言に、海里も驚いて素《す》っ頓狂《とんきょう》な声を上げてしまう。ロイドと夏神が、小さく息を呑《の》んだのが、見なくても海里にはわかった。

「それ、どういうこと？」

「どうもこうもないわ！　憧れの人はタダのその辺の兄ちゃんになってしもてるし、トンカツはあれへんし！　あたしの人生、なんでそんなんばっかりなん！」

女性の真っ黒に縁取られた目から溢《あふ》れた涙が、ボロボロと頬を伝い落ちる。涙声で怒鳴り散らす女性にかける言葉が思いつけず、呆然《ぼうぜん》とする海里に代わって声を発したのは、夏神だった。

「とりあえず、人生最後の夜は延期にしたらどないや」

さっきの怒声とは違い、穏やかな声音にむしろ驚いたのか、女性は手足の動きを止めた。ゆっくりと首を巡らせて自分の顔を見上げてくる女性に、夏神はなおもこう言った。

「イガの芸能人オーラとやらは、もうどないもならんやろ。トンカツも、今夜は何と言われても品切れや。そやけど、明日でも明後日《あさって》でも、もっぺん来てくれたら、とびきり旨《うま》いトンカツを揚げたる。それでちっとは気ぃ済むんと違《ちゃ》うか？」

夏神の諭す様な声に、少し気持ちが落ちついたのかもしれない。女性は、しゃくり上げながらも、床から身を起こした。

「ほんまに？」

「おう。分厚いのでも薄いのでも、ミルフィーユでも何ぞ挟んだんでも巻いたんでも、好きな奴を揚げたる。人生最後の夜とやらは、ひとまず延期にせえ」

「……あんまし具体的に言わんといて。吐きそうになる」

「言わんこっちゃない。ロイド、ちょっと駅まで行って、タクシー呼んできたれ。電話するより早いやろ」

「かしこまりました！」

あからさまにホッとした様子で、ロイドは店を飛び出していく。傘を取りに戻ってこなかったところを見ると、雨はもう止んだらしい。

「家に帰ったらちゃんと着替えて、ほんでよう寝ぇや」

そう言いながら、夏神はもう一杯水を汲《く》み、女性に勧めた。「糖分もとっとき」と、煙草代わりによく舐《な》めている棒付きの丸い飴《あめ》も、グラスの横に添えてやる。

ひとしきり怒鳴って暴れて、少し醒《さ》めてきたのか、女性は蚊の鳴くような声で「すいません」と言った。そして、さっきまでの大暴れが嘘のように従順に席に戻り、グラスに手を伸ばす。

海里はほっと胸を撫《な》で下ろしつつ、彼女の猫背気味に丸まった背中を見守った。

ほどなく到着したタクシーに女性を乗せ、彼女が運転手にきちんと行き先を伝えるのを確認してから、海里は一歩下がった。

「それじゃ、気をつけて。……事情はわかんないけど、次は素面でおいでよ。待ってるから」

女性は恥ずかしそうにこくりと頷《うなず》き、運転手は絶妙のタイミングで扉を閉める。

走り去るタクシーを見送って、海里が店に戻ろうとしたとき、背後から呑気《のんき》そうな声が彼の名を呼んだ。

「五十嵐さん、ＶＩＰのお見送りっすか。お疲れっす」

振り向いた海里の前に立っていたのは、麦わらのような色のぱさついた髪が印象的な、ロックバンドのツアーＴシャツとダメージジーンズというカジュアルな服装の若者だった。

坂口保《さかぐちたもつ》という名のその男は、よく店にやってくるセミプロバンドのメンバーのひとりである。

海里はさすがにくたびれた笑顔を坂口に向けた。

「いらっしゃい、坂口君。今日はひとり？　他のみんなは？」

すると坂口は、何故かちょっと照れ臭そうに頭を掻《か》いて答えた。

「今日はひとりっすわ。ちょー、ひとりで練習したい曲があって」

「お、もしかして、ソロ活動？」

「そないええもんと違《ちゃ》いますて。あいつらには内緒にしといてくださいよ。それより」

坂口はバックパックのように背負ったギターケースを下ろしながら、タクシーが走り去った警察署の角のほうを見やった。

「さっき、車に乗せるとこ、チラッと見ましたけど、あの女の子……」

そういえば、あまりのことに彼女の名前すら聞かずじまいだったことに気付いて、海里は坂口に問いかけた。

「もしかして、知り合い？」

すると坂口は、片手をヒラヒラさせて否定した。

「いやいや。全然知らん子ですよ。ただ、どっかで見た気ぃすんなって」

「マジで？」

「正直、顔はろくすっぽ見えへんかったですけど、あの髪の毛、めっちゃ目立ちますやん。まあ、俺も人のことは言われへんのですけど。それにしても、あのごっつい色、見覚えがあるような、ないような」

「どっちだよ」

「やっぱあるような……あっ！」

坂口はポンと手を打った。

「そや！　去年、大阪でうちのバンドが野外フェスに出さしてもろたとき、同じステージに上がった子らのひとりですよ」

「マジで？　あの子もバンドやってんの？」

「いや、そやのうて、確か……」

記憶の糸をたぐるように、まだどんよりした夜空を見上げた坂口は、すぐに海里に視線を戻し、人好きのする笑顔でこう言った。

「そうそう、アイドル！　いや、アイドル言うても、アレです。いわゆる地下アイドルの子ですわ」

「地下アイドル!?」

　あまりにも意外な情報に、海里は今夜二度目の、ひっくり返った驚きの声を上げた。

二章　地下から来た娘

「済まんな、トンカツ切らしてしもて」

詫《わ》びの言葉と共に、夏神は唐揚げの載った皿をカウンター越しに差し出した。

それを両手で受け取り、嬉《うれ》しそうに鼻を近づけたのは、バンドマンの坂口保である。

「全然ええですよ。俺、どっちか言うたらトンカツより唐揚げのほうが好きやし」

「それやったら、よかったわ」

開けっぴろげな坂口の笑顔に、夏神はホッとした様子で頬を緩めた。

坂口が自分の正面に置いた皿の上には、ふんわりこんもりと盛りつけられた千切りキャベツ、プチトマトと共に、大ぶりの唐揚げが六つ、ピラミッドのように絶妙なバランスで積み上げられている。

日替わり定食で唐揚げを提供するときには、一回り小さなものを五つ盛ることになっているので、今夜は謝罪の気持ちを上乗せした夏神なりのサービスなのだろう。

「味はついてるけど、トンカツに添えてた薬味はまだあるから、よかったら使って。ポン酢かけて唐揚げに載っけて食っても、きっと旨いよ」

海里がそう言って、ごく細く刻んだ大葉と大根おろしを気前よく載せた小皿を出すと、坂口はますます嬉しそうな顔をした。

「おっ、そらええですね。後半に味変《あじへん》しよ。そや、聞いてくださいよ」

「何？」

「マスターの飯を前に言うのもアレなんですけど、こないだ、瞳《ひとみ》さんのマンションにお邪魔して、ふたりで一緒にコロッケ作って食うたんですよ。あれは宇宙一旨《うま》い揚げもんやったなあ」

心底嬉しそうにそう言って、坂口は箸《はし》を唐揚げにザクリと刺して、形ばかり吹き冷ましてがぶりと齧《かじ》った。

「熱ッ！　けど、旨ッ！　これは宇宙で二番目に旨い揚げもんや」

自作の唐揚げを宇宙で二番目と言われた夏神は、気を悪くするでもなく、興味を惹《ひ》かれた様子で坂口に問いかけた。

「瞳さんて、あんときの？　中山《なかやま》さんのことかいな」

「そう、あんときの！」

坂口は誇らしげに胸を張る。

彼らが話している「中山瞳」というのは、「ばんめし屋」からそう遠くないところに住んでいる、目の不自由な女性のことだ。

海里が今、毎週水曜日の夜を過ごす「シェ・ストラトス」というカフェ兼バーに、瞳は客のひとりとしてやってきた。

　やがて海里と親しくなり、「ばんめし屋」にも来てくれたときに、偶然居あわせた坂口が、彼女に一目《ひとめ》惚《ぼ》れしてしまったのである。紆《う》余曲折《よきょくせつ》あって、瞳が「お友達からなら」という条件つきで坂口の告白を受け入れたことまでは、海里たちもその場に居あわせたので知っている。

だが、その後、坂口がこの店に来るときはいつもバンドメンバーと一緒だし、一方で瞳が「シェ・ストラトス」を訪れるときはきまってひとりだ。

二人の関係を案じつつも、個人的なことを詮索《せんさく》するのはよくないと、夏神も海里も、おそらくはロイドも、好奇心と心配な気持ちをぐっと抑えてきたのだ。

「なんだよ、あの告白から三ヶ月くらい経ったっけ？　それなのに、二人とも相手のことを全然言わないから、結局上手《うま》くいかなかったのかな～とか、心配してたっつの。どうなんだよ、その後？　一緒にコロッケ作ったってことは、結局つきあってんの？」

「おい、イガ。お客さんにあんまし不躾《ぶしつけ》なこと訊《き》いたらあかんで」

　無遠慮な質問を繰り出す海里を、夏神は口数少なに窘《たしな》めた。とはいえ、それが本気の叱責《しっせき》でないことは、野太い声にさほどの圧がないことで明らかだ。

　何より、当の坂口のほうから瞳の話を持ちだしたのだ。海里の盛りだくさんな質問は、むしろ坂口にとっては歓迎すべきものに違いない。

　その証拠に、坂口は満面の笑みで「季節が一つ進みまして、お友達から、なかなかええお友達になってきた感じですかね」と、瞳の台詞《せりふ》を使って明快に答えた。

「なかなかええ友達っちゅうんは、恋人とはまた違《ちゃ》うんか？」

夏神に不思議そうに問われ、坂口は箸を持ったまま、人差し指で器用に鼻の下をこすった。その顔には、さっきまでの笑みに混じって、ほんの少しの不満が含まれているように見える。

「そこ、ハッキリ区別せんとあかんもんですかねえ？」

「そら、あかんっちゅうわけやないやろけど」

珍しくたじろぐ夏神に、坂口は迷いのない口調で応じた。

「お友達からスタートして、どこまで行くかなんて誰にもわかれへんでしょ。大事なんは、俺が瞳さんのことが好きで大事に思てることやし、いつか瞳さんに同じように思うてもらえるように頑張るだけですわ」

ロイドはそれを聞くなり皿洗いの手を止め、感服した様子でゴム手袋を着けたままの両手を自分の胸元に当てた。

「素晴らしいお言葉でございます。そうして謙虚に努力を続けていらっしゃれば、いつか必ずや無欲の勝利が訪れましょう」

「無欲ってわけやないんですけどね。俺、ちょっと油断すると、自分のことばっかしになってまうんで、バンド仲間にもしょっちゅう注意されてるんです。俺らにするみたいなワガママ放題したらあかんで、彼女ファーストやぞ、彼女の言うことよう聞けやって。

そんだけ、俺、アカンタレなんやなって思うんで」

「その自覚が、成長の第一歩なのでございますよ。お仲間も坂口様も、ご立派です」

きっぱりと褒めちぎり、ロイドはニコニコして洗い物を再開する。

新たな客が来ず、暇なのをいいことに、海里はそのあたりの調味料入れの残量などを適当に確かめながら、さらに質問を積み上げた。

「とはいっても、彼女の自宅でコロッケ作るくらい仲良しになったわけだろ?」

坂口は夏神が急遽《きゅうきょ》作った唐揚げを何もつけないまま頬張りつつ、嬉しそうに頷《うなず》いた。

「ほら、瞳さん、実家を出て一人暮らしを始めたんで、自炊も頑張ってはるんですけど、やっぱし揚げもんは見えてへん人にはハードル高いですやん」

「見えとる人でも、まあまあハードル高いわな。揚げ油が怖いっちゅう人もおるし、台所が汚れるんが嫌やっちゅう人もおるし、揚げとるうちに気分悪うなるっちゅう人もおるしなあ」

夏神は目の前の油がたっぷり入った鍋《なべ》を見下ろす。坂口は、それそれ、と声を弾ませた。

「見えてへんから、瞳さん、フライパンとかは持ち手を探りながら使いはるんですよ。揚げ鍋はそれができへんでしょ。うっかり油に指入れてしもたら、ジュッていってまうし」

「そらそや。聞くだに怖いわ」

「瞳さん、前の職場に戻って事務の仕事を始めはったし、俺もこう見えて、本職はカタギの塾講師でしょ。そこそこ忙しいて、そうしょっちゅうは会われへんのです。そやから、何とか晩飯くらいは一緒に食えるっちゅうときは、たいてい瞳さんのマンションにお邪魔するんです。外で食うと、やっぱ瞳さん、まだちょっとは人目が気になるらしいんで。俺のアパートはボロすぎて、大事な人はとても上げられんし」

「で、晩飯を一緒に作ると。勢い付いて揚げ物までしちゃうと！」

海里に冷やかされて、坂口は嬉しそうに肩を竦《すく》める。

「こないだ、お土産に竹園《たけぞの》のコロッケ買っていったんですよ。そしたら瞳さんが、『美《お》味《い》しいけど、揚げたてやったらもっと美味しいんでしょうね』って言うたん聞いて、それやったら、揚げたてを作って食べようやってことになりました」

「ははあ。じゃあ、竹園のコロッケを生で持ち帰りして、家で揚げたわけ？」

「そうしようと思うたら、夏場は揚げる前の状態では売ってくれへんのですって。持ち歩いとる間に傷むから」

「そらそうやろな。なんぼコロッケは中身に火ぃ通ってる言うても、やっぱし夏場は怖いもんやで。店も、売った後のことまで気ぃ遣わんならんから、大変や」

飲食店を経営する側ならではの実感をこめて、夏神は深く頷く。

坂口も、しかつめらしい顔で同意した。

「らしいっすわ。そんでしゃーないから、レシピサイトで俺ら自炊初心者でも作れそうな奴を探して、一緒に作ったんです。丸めるんと衣つけるんは二人で、揚げるんは俺担当で。瞳さんはその間に洗いもんして」

「へえ、初心者向けのコロッケって、どんなレシピ？」

二人の仲よりコロッケのレシピに興味をそそられた様子で、海里は坂口に一歩近づく。

坂口は、いったん箸を置き、スマートフォンを取り出すと、アプリを立ち上げ、画面を海里のほうに向けた。

「これです。ジャガイモ茹《ゆ》でてつぶして、鯖《さば》の味噌煮《みそに》缶混ぜたらええだけの中身」

「へえ。なるほど、鯖の味噌味で、味付けは十分ってことか。これなら、まあまあ簡単だよな。手順は多いけど」

「それもまた楽しいですやん。揚げる以外は、瞳さんもガンガンやれますからね。ジャガイモ潰《つぶ》したり、両手でコロコロ丸めたり、そらもう楽しそうで可愛かったですよぉ」

「そうでしょうとも」

のろけを容赦なく受け流す海里の顔を恨めしげに見上げ、坂口はそれでも幸せそうな顔で、汁物椀《わん》を取り上げた。冬瓜《とうがん》のすまし汁の中に入っている大ぶりに切ったトマトを箸でほぐしつつ、しみじみした口調でさらにのろける。

「まだ恋仲言うほどのもんやなくても、十分過ぎるほどハッピーですよ。楽しいし、可愛いし、綺麗《きれい》やし、優しいし」

「はいはい」

「相づちに心がこもってへんな！　そう言う五十嵐さんは、彼女的なもんは……あ、そうか。恋人とか御法度ですやんね、立場上」

　水を向けられた海里は、苦笑いでかぶりを振る。

「まあ、芸能人時代はそうだったけど、今は関係ないよ。残念ながら、いないけどな」

「ロイドさんは……プライベートは絶対教えてくれへん感じの笑顔やな」

「ふふふ、どうでございましょうねえ」

　さすがに「眼鏡なのでいません」とは言えず空とぼけるロイドを追及することはあっさり諦《あきら》め、坂口は夏神を見た。

「ほな、マスターは？　これまで訊いたことなかったけど、実はバツイチとか、嫁さん隠してるとか、なんぞありそな気がするな」

　夏神は、油の飛んだコンロまわりを綺麗に拭《ふ》きながら、素っ気なく否定する。

「どっちも違《ちゃ》うわ」

「ほな、現在進行形の彼女？　いてるん違います？」

「ちょ、坂口君。俺たちの話はいいから」

　海里は、夏神が傷ついたり気分を害したりしないうちにと、慌てて坂口を止めようとした。だが、当の夏神は、驚くほどあっさりと答えた。

「おったで、彼女。大学時代やけどな。今もここにしっかりおるけど」

「夏神さん」

厚い胸板を軽く叩《たた》いてみせる夏神に、海里は驚いてその場に立ち尽くす。二人の間に漂う微妙な空気には気づきもせず、坂口は楽しげに手を打った。

「ほら、やっぱり！　で、その人とはどうなったんですか？　今は胸にってことは、もしかしてふられた？」

「ふられたっちゅうか、俺や他の仲間と一緒に、雪山で遭難してな。俺が助けを呼びに山小屋へ向かっとる間に、他のみんなは死んでしもた。彼女のことも、助けられんかったんや」

　意外な事実を知らされ、さすがの坂口も「あ」と口を押さえてから、「すんません」と、身体を小さくしてすぐに謝った。

「ええねん。ただの事実や。好きな子がおったら、楽しいんはわかる。ええもんや」

「うう……は、はい」

　もはや「はい」としか言い様のない坂口は、それ以上余計なことを言わないようにするため、口の中をごはんでいっぱいにする。

「……夏神さん」

　海里もまた、驚きと安堵《あんど》が入り交じった複雑な表情で、夏神を見つめた。

　誰にでも話せるわけではないだろうが、こんな風に遭難事故について冷静に口にできるようになったのは、夏神の心の中で、当時の出来事が徐々に客観的に考えられるようになった証拠だろう。

（よかった。いつまでも腫《は》れ物に触るみたいにしてた俺のほうが、間違ってたのかもな）

しかも夏神は、気まずそうな坂口にみずから助け船を出した。

「まあ、可愛い彼女の話はともかく、さっきの悪酔い娘の話なんやけどな」

夏神のほうから話題を変えてくれて、坂口はホッとした様子で再び箸《はし》を止めた。

「ああ、ここに来たとき、タクシーに乗るとこ見た、あの子のことですか？」

「せや。イガと……何て言うとった？　地下、なんとか」

「地下アイドル」

坂口と海里の声が綺麗に重なる。

トンカツの油がついた皿をスポンジで丁寧に擦《こす》りながら、ロイドは不思議そうに二人のほうを見た。

「アイドルというのは、そもそも何なのです？」

あまりにも根源的な問いかけに、海里も坂口もうっと返答に詰まる。迷いながらも先に口を開いたのは、元芸能人の海里のほうだった。

「それ訊《き》かれるとちょっと定義に困るけど、まあ、なんてーの、だいたい若い子が多くて、たいてい歌うか踊るかで、熱狂的なファンがいる芸能人って感じ？」

海里に同意を求められ、坂口も曖昧《あいまい》に頷く。

「そういう感じっすかね。色んなタイプの人がいてますしね、アイドル。まあ、一部のアイドルは、三十代、四十代になっても続行してはりますけど」

「うん、まあ、そういう人たちもいるけど、おおむね若いよな」

「ですね。ざっくり言うと、出てきたらファンが黄色い声上げるようなんが、アイドル」

「だな！」

頷《うなず》き合う二人をよそに、ロイドは盛んに首を捻《ひね》る。

「人気歌手、とはまた違うのでございますか？」

「勿論《もちろん》、アイドルが歌を歌って人気が出たら人気歌手なんだろうけど、こう、歌そのものよりはルックスやファッション要素多めで憧《あこが》れられるような感じかな。存在自体に凄《すご》いオーラとパワーがあるような」

「なるほど。お二方のご説明をまとめますと、アイドルとは、極めて容姿端麗、多才にして、大衆の崇拝の対象になるような、主としてお若い方々のことでございますね？」

ロイドによる格調高い「アイドルの定義」に、坂口は盛大に噴き出した。

「ロイドさんにかかったら、なんやアイドルが物凄いやんごとない感じになるなあ。けどまあ、そんなイメージで大きく間違ってはおらんと思いますよ」

夏神は、ますますわからないといった様子で、太い眉尻《まゆじり》を下げる。

「ほな、地下アイドルっちゅうんは、それが地下に潜伏して活動しとるんか？　なんや、怪しい宗教みたいやないか？　さっきのあの子、教祖か何かか」

「いやいやいや！　地下アイドルっちゅうんは通称で……ねえ、五十嵐さん」

坂口に説明を押しつけられた海里は、いささか迷惑そうに解説を試みる。

「確か、その手のアイドルを舞台に上げる有名なライブハウスが地下にあったから、そういう呼び方が広まったんじゃなかったっけ。地下アイドルってのは、メジャーな芸能事務所に所属してない、いわゆるインディーズのアイドルのこと」

「ほーん。なんや、わかるようなわからんような」

　夏神は盛んに首を捻りながら、視線を海里に向けた。

「お前が所属しとった事務所も、そないメジャーではなかったんやろ？　ほな、お前も地下アイドルやったんか？」

　海里は、困り顔で唸《うな》りながらもやんわりとそれを否定した。

「や、確かにうちの事務所は弱小もいいとこだったから、インディーズ感は満点だったけどさ。俺はむしろ、アイドルっていうよりは二・五次元出身タレント……」

「二・五次元？　平面と立体の間におったんか、お前」

　ますます混乱する夏神に、海里は慌てて両手を振った。

「ああいや、話がややこしくなるから、それは脇に措《お》こう。ゴメン。とにかく、地下アイドルの活動は、だいたいライブ中心なんだ。ライブハウスで歌とか演奏とかダンスとか、そういうことをするんだよ。で、自主制作のグッズとか音源とかをファンに買ってもらうんだ」

「ほな、コンサート活動か」

「そうそう。まあ、地下アイドルって一口に言っても、知名度とか人気とかはピンキリだけどね。最近は、地下アイドルって名乗り続けつつ、テレビにばんばん出て、大きなハコを満員にできるような子たちもいるし」

「ふむ……？」

「でも、だいたいはちっちゃいハコで地道に活動しながら、いつかメジャーになる日を夢見たり見なかったりするわけ。なあ、坂口君……ってか、むしろ坂口君たちのほうが、地下アイドルに近い活動してるよな？」

「あー、まあ、そうですね。俺らはアイドルやのうて、ただのむさ苦しいバンドですけど。インディーズどころか、事務所にも所属してへんセルフ売り込みですし、他のバンドと対バンライブやったり、CDを自主制作して売ったり、地元のお祭りのステージに呼んでもろたり、まあ、趣味にかろうじて毛ぇ生えたくらいの、小さい小さい商いですわ。みんな、好きやからやっとるだけです」

ほんの少しの自虐を込め、それでも軽やかに笑い飛ばして、坂口は汁物を啜《すす》り、「なんやこれ、ホンマに旨《うま》っ」と素直な賞賛の声を上げた。

渾身《こんしん》のアレンジレシピが好評であることに、夏神はチラッと嬉《うれ》しそうな顔つきをしたが、すぐに真顔に戻り、坂口の隣の、まだ座面が湿った椅子を指さした。

「ほな、さっきそこでくだを巻いとった子も、その小さいハコ……っちゅうんは、ライブハウスのことやな？　そういうとこで、歌ったり踊ったりしとんのかいな」

海里も、さっきまでカウンター席でだらしなく突っ伏していた女性の姿と、あの特徴的な髪を思い出しながら、首を捻った。

「俺は知らない子だけど、坂口君は詳しいんだよな？　さっき、野外フェスで同じステージに上がったことがあるとか言ってたし」

すると坂口は、恥ずかしそうにチロリと舌先を出した。

「や、詳しいっちゅうほどやないです。野外フェスって言いましたけど、まあ、自治体主催の夏祭りの余興ですわ。三味線弾いたり民謡歌ったりするおっさんおばちゃんたちと一緒に、河川敷の特設ステージに上がった仲間っちゅうか」

「楽しそうやないか。祭りの余興は、立派な出しもんやで」

夏神は、それのどこがいけないのかと言いたげな様子で言い返す。坂口も、そこは笑顔で同意した。

「まあ、俺らのロックはわからん感じの人らがお客さんでしたけど、それでも盛り上げようとして、ずれまくった手拍子してくれたりして、いつものライブではありえへん楽しさがあったですね。そやけど、いちばん盛り上がったんは、さっきの子がおったグループんときですわ」

「グループ？　ひとりやのうて、ユニットに入っとるんか」

坂口は頷き、左手で、親指と人差し指の先をくっつけて丸を作る、いわゆる「ＯＫサイン」をしてみせた。

「東京で活躍してた五十嵐さんが知らんのも、無理ないんですよね。あの子、『オオサカ・オクトパス』のレイナちゃんですわ、たぶん」

　坂口の口からサラリと出た「オオサカ・オクトパス」というあまりにもローカル色が強い、もとい活動拠点がわかりやすいグループ名に、他の三人は復唱することも忘れ、呆気《あっけ》に取られた顔つきになる。

　坂口はそんな三人の反応を面白そうに見回し、「そうなりますよねえ」としたり顔をした。

「言うまでもなく大阪ベースのアイドルグループです。『なにわ限定地下アイドル』を合言葉にしとって、歌もそれっぽい感じで……俺がその野外フェスで聴いて覚えとるんは、『たこ焼きより熱い恋』とか『飴《あめ》ちゃんあげよ』とか『ヒョウ柄着こなせ！』とか」

「わかりやす！」

　海里は呆《あき》れ半分、感心半分の声を上げる。ロイドは、まだ地道に洗い物を続けながら、小さく首を傾げた。

「わたしにはよくわかりませんが、それは大阪府でのみ受ける文言なのでございますか？」

「まあ、そうですわ。たこ焼き・飴ちゃん・ヒョウ柄て、いわゆるステレオタイプの大阪って感じの言葉やないですか。あの子の髪色、上がピンクで、下が緑やったでしょ？　あれ、上がタコと紅ショウガ、下が青のりのイメージやて、ＭＣで言うてましたわ」

「頭がたこ焼き！　そりゃ、根性入ってるし、記憶にも残るな」

海里は彼女の鮮やかに染め分けられた髪を思い出し、思わず噴き出す。ロイドは、なるほどと真面目な顔で納得した。

「たこ焼き……言われてみれば、なるほど、なるほど。勉強になります。一度、歌を聴いてみたいものですね」

「俺もちょっと興味あるな。さっき言うとったみたいに、その『オオサカ・オクトパス』も、自主制作のCDやら、作って売っとんか？ どこで買えるんやろ」

あまり客の話に深入りしない夏神も、さすがに興味を惹《ひ》かれたらしく、具体的な質問を口にする。

「うーん。まあ、たいていはライブ会場で売ってるんですけど、他にも地元のどっかの店に置かしてもろとるか、あとは……所属事務所があったら、そこで通販できるかもしれへんですね」

思いつく入手経路を列挙しつつ、スマートフォンで検索をかけた坂口は、「あ、そやった」と、指先を液晶画面から離した。

「今の話、たぶん全部過去形やと思うんです」

「えっ？」

海里は思わず、坂口のスマートフォンの画面を覗《のぞ》き込んだ。

表示されているネットニュースの記事には、「地元密着地下アイドルグループ『オオサカ・オクトパス』、東京進出ならず」というタイトルがつけられている。

海里は、形のいい眉《まゆ》をギュッとひそめた。

「何だよ、『なにわ限定地下アイドル』って言うわりに、東京進出狙ってたのかよ。まあ、気持ちはわかるけど。つか、ならず、なんだ？」

「俺も、あんときのグループがこんなことに〜って軽く流し見した程度やったんで、今まで忘れてました。何ぞ、グループ内部でゴタゴタがあって、もう解散したか、近いうちにするか、そんな感じやったと思います」

「よくある話だよな。それまで地元で上手《うま》くやってたグループが、全国区になった途端に過去のあれこれが出てきたり、メンバー同士が揉《も》めたりすんの」

さすが元芸能人、心当たりの話がいくつもあるのだろう。海里はうんうんと頷《うなず》きながらそんなことを言う。

夏神は、幾分心配そうに、さっき女性……おそらくは「レイナ」が座っていた座席に目を向けた。

海里とロイドも、ハッとした様子で夏神の視線を追う。

（そういやあの子、さっき、「人生最後の夜にする」とか、物騒なこと口走ってたよな。もしかして、グループがダメになったことと関係あるのかな）

おそらく、ロイドと夏神の胸にも、同じ懸念がよぎったのだろう。とはいえ、無関係な坂口に、彼女のあまりにプライベートな情報を教えるわけにはいかない。

夏神に強い視線で窘《たしな》められ、わかっていると瞬《まばた》きで応《こた》えて、海里は言葉を選びなが坂口に訊《たず》ねてみた。

「その……もしグループが解散状態なんなら、レイナって子は今、何してんの？」

「お客さんとして来てたのに、本人から聞いてへんのですか？」

「けっこう飲んでたからさ。飯、食ってもらえる状況じゃなくて」

「あー、そっか。それでタクシーか。フォローお疲れさんです」

気の毒そうにそう言って、坂口はまるで草を食《は》む山羊《やぎ》のように勢いよく千切りキャベツを頬張り、咀嚼《そしゃく》しながら不明瞭《ふめいりょう》な口調で話を続けた。

「俺も、特にファンやったわけやないし、フェスでちょこっと喋《しゃべ》ったくらいやから、よう知らんのですけどね。レイナちゃん、ツインボーカルのひとりやったんで、グループが解散してもソロ活できると思いますよ。歌はわりに上手かった気ぃしますし。あ、これは上から評価すぎやな」

ゴクリとキャベツを喉《のど》の奥に押し込んでから、坂口は冷たい麦茶を一口飲み、そしてこう話を締め括《くく》った。

「そやけどまあ、そない飲むくらいやったら、あんましソロ活も上手いこといってへんのかもですねえ。いっそ諦《あきら》めるんも手なんやろけど、それまで仕事やったもんを趣味に落とし込むん、口で言うほど簡単やないと思いますわ」

坂口と入れ違いにやってきた、夜勤の休憩時間とおぼしき客たちのために副菜を用意しながら、海里は鶏肉《とりにく》を揚げている夏神に低い声で話しかけた。

「ねえ、夏神さん。大丈夫かな、あの子」

夏神は、油から目を離さずボソリと応じる。

「大丈夫かなて、何がや」

「いや、だって、『最後の夜にするねん』って言ってたじゃん。もしかして……その、グループのゴタゴタが原因で、自殺、とか考えてんじゃないかな。ひとりで帰して、大丈夫だったかな。もっと必死で止めたほうがよかったんじゃない？　迷惑かもだけど、隣の芦屋警察から、仁木《にき》さんとか呼んでさ」

海里の兄、一憲《かずのり》の高校時代の友人、仁木涼彦《すずひこ》は、芦屋警察署の生活安全課に勤務する警察官である。この「ばんめし屋」の常連であり、海里たちのことを何くれとなく気に掛けてくれる心優しい男だ。

そんな仁木の名を出した海里を、夏神はほんの一瞬、横目で睨《にら》んで、「アホか」と一《いっ》蹴《しゅう》した。

「だって、生活安全課って、市民の安全を守る係だろ？　だったら」

「あの子が『市民』とは限らんやろ。それに、そないなことでいちいち呼ばれとったら、警察の人が過労死してまうわ」

「まあ……そうだけど！　でもさあ」

「万が一、あの子が自殺を本気で考えとるとして、それを止めたとして、お前、その後のあの子の人生に責任を持てるんか？」

客席に聞こえないよう、夏神の声はごく抑えた静かなものだ。それでも、シンプルな言葉で投げかけられたあまりに重い問いに、海里は言葉に詰まり、しばらく酢の物の盛り付けに専念した後、短く答えた。

「それは、無理」

「せやろ」

特にマウントを取るでもなく静かに応じて、夏神は長い菜箸《さいばし》で、油の中の鶏肉を引っ繰り返す。見事なきつね色に揚がった面が油の表面に現れ、いっそう香ばしい匂いが辺りに漂った。

「でもさ！　そう言う夏神さんは、『人生最後の夜は延期にしたらどないや』とか言ってたじゃん！　夏神さんは、責任取れるわけ？」

悔しそうに言い返す海里に、夏神はやはり素っ気なく言い返す。

「俺が責任取れるんは、あの子がこの店ん中にいる間のことだけや」

「ええっ。店から出たら知らないってこと？」

「知りようもあれへんやろ」

「そりゃ……くそっ、『そうだけど』しか言えることがねえけど、それじゃああんまりだよ」

海里は項垂《うなだ》れて唇を噛《か》みしめる。

ときおり、油から鶏肉を引き上げて少しだけ冷まし、また戻すという繊細な揚げ技を使いつつ、夏神は静かに言った。

「俺にできるんは、トンカツの吸引力に懸けることだけや」

それまで黙って聞いていたロイドも、トレイの上に人数分のご飯とみそ汁をそろえながら、ついに会話に割って入る。

「トンカツの吸引力、でございますか。そういえば夏神様は、今夜、トンカツをお出しできない代わりに、再訪を促しておいででしたね。如何《いか》なるカツをも、要望どおりに作って差し上げると」

海里は口を尖《とが》らせ、不満げに混ぜっ返した。

「それって、トンカツ食いたきゃ死ぬのをやめろって意味だったってこと？　ちょっと伝わりにくかったんじゃないの？」

しかし、夏神は少しも動じない。

「やめろて言うた覚えはない。とりあえず、トンカツが食いたかったら、明日《あした》なり明後日《あさって》なりにまた来たらええて言うただけや。ホンマに食いたかったら、それまでは死なんとおるやろ。その間に、気持ちが落ちつくなり、なんぞ小さいええことがあるなり、死なん理由ができるかもしれへんやないか」

「……あ、なる、ほど。でも、トンカツ食べて、満足して、よーしって死んじゃう可能性も」

「なくはないやろけど、今晩、酔うた勢いで首を吊《つ》るよりは可能性が低そうな気ぃ、せえへんか？」

「む」

短い唸《うな》り声が、何よりの肯定である。夏神はやっと口元を僅《わず》かに緩め、こう言った。

「俺にできるんは、その程度の時間稼ぎや。人生の時間は、本人のもんやからな。自分でここが終わりて決めたら、それはそれで意味のあるもんなんかもしれん。そやから、俺のしたことは、小さいけど確実にお節介や」

「そんなことはないよ」

すぐさま否定する海里に、夏神はちょっと嬉《うれ》しそうに、しかしキッパリした調子で言い返した。

「いんや、そこは間違いなくお節介や。そやけど、自分が思いもせんタイミングで、大事な人生の時間を根こそぎ奪われた人間を知っとるとな、どうしてもお節介になってしまうんや。俺のトンカツで、一日でも延ばせる命があるんやったら、嬉しい。人のためっちゅうより、自己満足やわな」

相づちを打つ代わりに、ロイドは優しい笑顔で深く頷く。

海里はまだ少し納得のいかない表情のまま、盛り付けの終わった副菜の小鉢を、ロイドが差し出したトレイの上に載せた……。

＊　＊

「昨夜は、すいませんでしたッ！」

店じゅうに響き渡るような声の直後に、ゴッという硬い音が聞こえる。

「ぶはっ……だ、大丈夫？」

盛大に噴き出しながらも、海里は慌ててカウンターから飛び出した。

大声の主は、昨夜、ここで泥酔してかなりの醜態を晒《さら》した女性である。

開店準備中の午後二時過ぎ、引き戸をそろりと開けて中を窺《うかが》った彼女は、カウンターの中の夏神の姿を認めるなり、物凄《ものすご》い勢いで店に飛び込んできた。

そして、カウンターにできるだけ近づいて、身体が二つ折りになるほど深く頭を下げたせいで、額がカウンターテーブルに激突したのである。

「あいた……」

頭を押さえ、よろめきながらカウンターに肘《ひじ》をついて身体を支える女性を、海里は手近な椅子を引いて座らせた。

「大丈夫？　タンコブが出来そうな音だったけど」

「いたい」

両手で頭を押さえているので顔は見えないが、地獄の底から聞こえるような嗄《しわが》れた呻《うめ》き声に、海里は顔色を変えて夏神を見た。

「どうしよ、夏神さん。これ、救急車とか呼んだほうがいいやつ？」

「ど、どやろ」

いつもは泰然としている夏神も、あまりにも勢いよく頭を打った現場を目撃し、動揺を隠せない。

だが、女性は手探りで海里の腕を摑《つか》むと、小さく首を横に振った。

「平気。……二日酔いで頭ガンガンしてて……そこを打ったから死にかけてるだけ」

「死にかけてんじゃん！」

「かけてるだけ……まだ死なへんし」

やけに力強くそう言い張って、ようやく女性は頭から手を離した。

くだんの、上が紫がかったピンク、下が鮮やかなグリーンに染め分けられた髪が露《あら》わになる。

「その後、大丈夫でいらっしゃいましたか？」

誰に指示されるまでもなく、ロイドが氷と冷たい麦茶を入れたグラスを運んで来て、女性の前に置いてやる。

「どうぞ。今日も暑うございますのに、二日酔いで炎天下を歩いてこられたのですか？」

エプロン姿の白人男性に丁寧な言葉遣いで問いかけられ、女性は驚きを露わにロイドを凝視した。

「日本語、上手《うま》ッ」

「恐縮です」

ニッコリ笑って、ロイドはカウンターの中に戻っていく。女性の顔が赤らんで汗だくなのを見ると、おそらくそれなりの距離、日傘も差さず、帽子も被《かぶ》らずに歩いてきたのだろう。

嬉しそうに麦茶のグラスに手を伸ばそうとして、女性はハッとした様子で姿勢を正し、改めて座ったままではあるが、夏神に深々と一礼した。

「昨夜は、ほんまにすいませんでした。正直、ウチ、全部は覚えてへんのですけど、なんやめっちゃ失礼なこと言うた記憶だけはバリバリあって」

「言った言った」

海里は笑いながら肯定し、グラスを指した。

「いいから、まずは飲みなよ。二日酔いの上に頭をぶつけて、その上熱中症で倒れたら、今度こそ救急車呼ばなきゃいけなくなる」

「……ほんま、すんません」

昨夜とは打って変わってしおらしく、そのわりにひと息で麦茶をごくごくと飲み干した彼女は、満足そうに溜《た》め息をついた。それから、ゴソゴソと昨夜はびしょ濡《ぬ》れだったリュックサックの中を漁《あさ》り、金色の派手なカードを一枚取り出して、両手で夏神に差し出した。

「ウチ、こういうもんです」

「……こら、ご丁寧に」

こちらも律儀に両手で受け取った夏神は、カードに顔を近づけて見入る。視力は悪くないのだが、カードが金色で盛大に光を反射するので、印刷された文字がどうにも読みにくいのである。

海里もカウンターの中に戻り、ロイドと共に夏神の背後からカードに見入った。

そこには、歌舞伎を思わせる毛筆調のフォントで、「ソロになってもナニワのオクトパスガール　レイナ　歌います、踊ります、演じます、何でもやります」と印刷されていた。

カードのサイズに対して、フォントがあまりにも大きく、字間が詰まりすぎていて読みづらい。プロに依頼したものではなく、彼女が自宅でこつこつ作った「名刺」なのだろう。

カードのいちばん下には、メールアドレスとスマートフォンの電話番号が、「お仕事ください！」という力強いリクエストと共に添えられている。

（昨日、坂口君から聞いた名前だ。やっぱり、あれで合ってたんだな）

夏神と視線を交わしてから、海里は女性……レイナに話しかけた。

「レイナ、さんって、地下アイドルなんだって？」

一応、現在進行形の扱いで訊《たず》ねてみると、レイナは酷《ひど》く決まり悪そうな上目遣いで海里を見た。

　どうやら、昨夜の海里に対する暴言は、それなりに記憶していたらしい。

「あの……カイリ、くん、やない、五十嵐さん」

「どっちでもいいよ。ファンでいてくれたって、昨夜、ちょっとだけ聞いた。ガッカリさせちゃって、ごめんな」

「ち……ち、ち、違《ちゃ》うんです！　いや、芸能人オーラがゼロなんは違わへんけど。あっ、すいません！」

　また、カウンターに額を打ち付けそうな勢いで謝るレイナを、海里は慌てて制止した。

「大丈夫だって。もう芸能人は辞めたんだから、芸能人オーラがないのは当たり前なんだしさ。そこ、ガッカリさせて謝るのは、俺のほうだよ。わざわざ会いに来てくれたのに、申し訳ない。でも、こればっかりはどうしようもなくてさ」

「いえ！　芸能人オーラはゼロでも、今見たらそこそこかっこいい。恥ずかしい」

　レイナは顔の前でバタバタと片手を振った。

　昨夜は崩れたメイクで大変なことになっていた顔面が、今は青ざめて……いや、土気色ではあるが、スッキリしたスッピンになっている。

　服もきちんと着替えているので、具合が悪いなりに、身なりを整える気力は戻ってきたのだろう。

　海里はホッとしつつ、今は高校生と言われても納得してしまいそうな、彼女の童顔を見た。

「ありがとう。かっこいいってワードは、『そこそこ』がついてても、芸能人じゃなくなっても、やっぱ嬉《うれ》しいな。てか、マジで大丈夫？　二日酔いなのに、わざわざ謝りに来てくれたわけ？」

レイナは頷《うなず》き、夏神に向き直る。

「早《は》よ、謝らんとと思って。あの……ほんまにすいませんでした」

夏神は、昨夜、坂口から聞いた話は敢《あ》えて持ち出さないことに決めたのだろう。カードに視線を落としたまま、レイナに問いかけた。

「レイナさん、か。歌手をやってはるんか？」

レイナは恥ずかしそうにはにかんだ笑みを浮かべ、頷いた。

「歌手て言うほど歌は上手《うま》くないんですけど、はい。去年まで、『オオサカ・オクトパス』っちゅうグループで、地下アイドルやってました。色々あって、今はソロです」

「色々あって？」

「色々。ほんま色々あって」

詳しく語りたくはないのだろう、顰《しか》めっ面で「色々」だけを繰り返すレイナに、夏神は世間話のような調子で問いを重ねる。

「色々あって、昨夜は憧《あこが》れのイガに会《お》うて、トンカツ食うて、死ぬ気やったと」

ヒッと、レイナは喉《のど》を鳴らした。ただでさえ青白い頬から、さらになけなしの血色が失《う》せていく。

「そ……そ、それ、ウチ、言うてしもてました？」

「言うてしもてましたよ〜。人生最後の夜にするって」

敢えて冗談口調で茶化し、海里はレイナのグラスに麦茶のお代わりを注《つ》いでやる。夏神と一対一で会話していては、彼の持ち前の圧力にレイナが萎縮《いしゅく》してしまうのではないかと思ったのだ。

「だけど昨夜、トンカツ切らしちゃっててさ。うちのマスターの夏神さんが、明日《あした》でも明後日《あさって》でも、もっぺん来たら好きなトンカツを揚げたげるから、人生最後の夜は延期にせえって言ったの、覚えてない？」

「……そこはかとなく」

話し相手が海里になって、少しホッとしたのか、レイナは痩《や》せた肩から力を抜き、そのついでのように深い溜め息をついた。

「心配かけてしもて、ほんまにすいませんでした。そのへんのコンビニで山ほどお酒買《こ》うて、部屋でひとりで飲みまくってたら、めっちゃ死にたくなってきたんです」

「部屋って……昨日、タクシーに乗るとき、行き先を『ホテル竹園』って言ってたけど、今は、JR芦屋駅前のホテルに泊まってんの？」

「です。なんや、ホテルの部屋ってどんだけ快適でも、無駄にさみしくなってくるんです。で、ヤバいと思って外出たら、めっちゃ雨降っとって、余計に死にたくなって」

「わかんないこともないな、その気持ち。雨って、追い打ちだよな」

「追い打ちですよぉ。そやから、ヨッシャ死のう、その前に、芦屋におるっちゅう五十嵐カイリを拝んどこう、おっ、カイリ君の働いてる店のフェイスブック見たら、日替わりはトンカツやん、ヨッシャ大好物や、それ最後の晩餐《ばんさん》にしたろ、って流れです」

「ところが、その段取りをいちいち打ち砕かれたと」

そのとおりと言う代わりに、レイナはやはり決まり悪そうに肩を竦《すく》めて麦茶を口にする。

「では、今は素面《しらふ》に戻られて、自殺しようなどというお気持ちは消えたのですか？」

ロイドは控えめに期待を込めた質問をした。だがレイナは、グラスに唇を当てたまま、もさもさと首を横に振った。

「なんや、まだ死ぬ気なんかいな。物騒やな」

夏神は困り顔でそう言って、軽く身を屈《かが》め、レイナの顔を正面から覗《のぞ》き込んだ。

「ほんで、さっそく、最後の晩餐にトンカツを食いに来たんか？」

今度は、レイナはグラスを置き、強く否定する。

「むり」

「そやろなあ。泥酔でトンカツは無理やけど、二日酔いでトンカツはもっと無理やろ」

「……トンカツって聞くだけで、めっちゃムカムカします、このへんが。戻すもんなんかあれへんはずやのに、謎の何かが出てきそう」

みぞおちを押さえて呻《うめ》くレイナに、夏神は軽く声を上げて笑った。

「わかるわかる。ほな、今は謝りに来ただけか。最後の夜は、まだ延期中やな？」

確かめるような問いに、レイナの顎《あご》がやっと上下する。夏神もホッとした顔つきで腰を伸ばした。

「そら、ひとまずよかった。具合の悪いときに、考え事はしたらあかんで。うっかり思い詰めてまうからな。まずは、体調をようすることを考え。昨夜《ゆうべ》から、なんぞ腹に入れたんか？」

また、レイナは小さく首を横に振った。

「昨日の夕方に飲み始めてからは、なんも。その前に、バッグに入ってたチョコをつまんだくらい」

海里は、思わず呆《あき》れ声を上げた。

「それ、二日酔いにプラスして、低血糖で具合悪いんじゃねえの？　ねえ、夏神さん」

「どない考えてもそうやな。あれから、水分は？」

「う……宿に戻ってバタンってベッドに倒れて、気ぃついたら昼でした」

「あかんやないか。ちょー、待っとき。イガ、冷蔵庫から葱《ねぎ》……いや三つ葉、冷凍庫から飯。あと卵ひとつ」

「ほいきた」

海里はどこか嬉しそうに、素速く手を洗って動き出した。夏神の指示を聞いただけで、彼が今から何を作ろうとしているのか察したのだろう。

ラップフィルムに包んで一膳《ぜん》分ずつ冷凍してある白飯を電子レンジにかけ、卵を器に割り入れて夏神の近くに置くと、綺麗《きれい》に洗った三つ葉を細かく刻み始める。

レイナは不思議そうに、海里と夏神の姿を交互に見やった。

「あの……何ぞ作ってくれはるつもりなんですか？　そやけどウチ、なんも食べられへんと思うんですけど」

「それは、一口試してからや。ええから、麦茶飲んで待っとき。ロイド、無限に注ぎ足したれ」

「かしこまりました！」

ロイドは、冷蔵庫から再び麦茶のポットを取り出し、レイナの前に来ると、「ささ、ぐぐっと」と、まるで酒席のような勧め方をする。

「昨夜も、なんや変わった店やった気ぃしてたけど、ほんまに変わってるわ……」

戸惑い顔で呟《つぶや》きつつ、レイナは促されるままに、二杯目の麦茶も勢いよく飲み干した。

「ほい、お待たせ」

そんな言葉と共に夏神がレイナの前に置いたのは、大ぶりの茶碗《ちゃわん》にたっぷりと盛りつけられた雑炊だった。

出汁《だし》のあっさりした、それでいてふくよかな香りが、優しく鼻をくすぐる。レースのフリルのようにふわふわに流した溶き卵と、その上に散らしたみじん切りの三つ葉が色鮮やかで美しい。

　仕上げとばかりにカウンター越しに手を伸ばし、コンロで軽く炙《あぶ》ってから手でちぎったもみ海苔《のり》を雑炊の上に散らし、夏神はニッと笑った。

「無理せんでええから、ちっとだけでも食うてみ。意外と何ぞ入れてみたら、かえって胃が落ちつくことがあるからな」

「自信ないけど……でも、いい匂い」

「そう感じられるんやったら、いけるかもやで。ま、一口」

　重ねて促され、レイナはおずおずと添えられた蓮華《れんげ》を手にした。そして、雑炊をほんの半さじ掬《すく》い取ると、慎重に吹き冷まして口に運ぶ。

　三人は、固唾《かたず》を呑《の》んで成り行きを見守った。

「ん」

　最初の反応は、言葉にもならない小さな声だった。

　次に、今度は大きなひとさじ。

　さらにもうひとさじ食べてから、レイナは「いける！」と、今度はハッキリ言った。

　早くも、声に生気が戻っている。湯気のせいか、温かな食べ物を体内に入れたせいか、頬にもうっすら赤みが差してきた。

「食えるか？　無理はせんでええんやで？　気持ち悪うなってしもたら、元も子もあれへんからな」

「大丈夫。なんや、久しぶりに美味《おい》しいって思うた」

夏神に敬語を使うことも忘れ、レイナは心底旨《うま》そうに雑炊を食べ続ける。

匙《さじ》の運びはゆっくりでも、それは、確かに命を繋《つな》ぐ行為なのだと、海里にはしみじみ実感できた。

（食うって、凄《すご》いもんだなあ。つか、夏神さんの雑炊、旨そうだな）

そう思うと誘惑に耐えきれず、使った鍋《なべ》をシンクに持っていく途中、海里はスプーンを出して、鍋に僅《わず》かに残った雑炊を、立ったまま食べてみた。動物の子供のようにチョコチョコと駆けつけてきたロイドの口にも、最後のひと匙を突っ込んでやる。

（うま！）

口の形だけでそう言った海里に、ロイドもいささか行儀悪くスプーンをくわえたまま、目を見張ることで同意する。

夏神の作った雑炊は、さっきみそ汁用に取った出汁をベースに、解凍してさっと洗った白飯、溶き卵、ほんの少しの椎茸《しいたけ》、そして三つ葉と海苔だけで作ったシンプルなものだった。

味付けも、おそらく少量の塩とみりん、あとは薄口醤油《しょうゆ》をほんの数滴、香り付けに落としたくらいだ。

敢《あ》えて水分を多めに残し、さらっとした食感に仕上げた雑炊は、なるほど、二日酔いの胃を労《いたわ》ってくれる食べ物だろう。油分が入っていないので、消化もいいはずだ。

風味の強い葱を避け、爽《さわ》やかで大人しい香りの三つ葉を選んだのは、卵の匂いを和らげるためかもしれない。

「俺も、二日酔いは何度となく経験しとるからな。食えるもんも、何とのう把握しとる。あんたも食えてよかった」

「……重ね重ね、すいません」

謝る間も蓮華を口に運ぶことはやめず、それでもレイナは嬉《うれ》しさと哀しさが相半ばした、見る者が切なくなるような笑みを浮かべてこう言った。

「色々あって、東京から逃げ出して、関西に戻ってきたんです。芦屋には、ちょっと遊びに……いや、遊び違《ちゃ》うな、まあとにかく個人的な事情で来て」

「おう」

夏神は、大してありもしない後片付けをしている体で、あまりレイナの顔を見ず、ぞんざいな相づちを打つ。彼女が食べながら気楽に話したいことを話せるようにと、夏神なりに配慮しているのだろう。

海里は、そんな夏神の不器用な優しさを微笑ましく思いつつ、今日の日替わりの小鉢として作ったばかりの胡瓜《きゅうり》とワカメ、それに針生姜《はりしょうが》の酢の物を少し小皿に盛り、箸休《はしやす》めに出してやった。

「よかったら、こっちも」

「もしかしてこれ、カイリ君の手作り」

「まあ、そう」

「やった……！　過去のウチに自慢したい。あの、あの世まで持って行くんで、写真撮ってもええですか？」

「酢の物の!?」

「はい。……あっ、えっと」

スマートフォンをバッグから出した状態で狼狽《うろた》えるレイナに、海里はちょっと拗《す》ねてみせた。

「そうでした。芸能人オーラゼロの俺のことは忘れて。オーラバリバリだった過去の俺の姿だけ覚えててよ」

「いや、あの、じゃあ、カイリ君と酢の物の写真を」

「いいって。大丈夫。それよか、話の続き。芦屋に来て、何？」

「……あ、えっと」

ちゃっかり酢の物は写真に収めてから、レイナは再び蓮華を取った。

「なんか、ここんとこ、美味しいもん食べたいとか、そういう意欲が全然なくて、力が抜けて動かれへんってなったら、適当にコンビニでお菓子とか買って適当に食べてたんです。そやから、誰かが作ってくれたもん食べるん、ほんま久しぶり」

「これは日替わり違《ちゃ》う、オーダーメイドやからな」

そう言って、夏神はレイナをじっと見た。

「あんな、食うことは、大事やで」

「……はい」

それを今、まさに実感しているからだろう、レイナは神妙に頷《うなず》く。夏神は、今度は真《ま》っ直《す》ぐレイナを見て、こう続けた。

「今日のところは、それ食うて、スポーツドリンクでも買《こ》うて、宿に戻り。ほんでよう休んで、体調ようなってから、改めて色々考え。生きるにせよ死ぬにせよ、生きとる間は、ちゃんと食わなあかん」

「はい」

「で、話聞いてほしいんやったら、俺らでよかったら聞いたる。ホンマにトンカツ食うんやったら、食いにきたらええ。そのあとどうするかは知らん。最後の夜云々《うんぬん》は、俺らが口挟むこと違《ちゃ》うからな」

「ちょっと、夏神さん。ド正論だけど、そこはもうちょっと、こう、さあ、ソフトランディングを目指そうよ」

せっかくいい流れなんだから、と窘《たしな》めようとする海里に、夏神は困り顔で言い足した。

「そうか？まあ、袖《そで》振り合うも多生の縁とか言うやろ。あんたに死んでほしいとは思わんから、できる協力はする。できることしか、俺らはできへん。……まだ、言葉が足りんか？」

「足りないっていうか、なんていうか。すっげえ夏神さんらしいけどさあ」

海里がどうフォローしたものかと思案していると、レイナは茶碗も小皿も空っぽにして、「ごちそうさまでした」と満ち足りた顔で手を合わせた。そして、自分を見守る三人の顔を順番に見てから、小さな呼吸をして、再び口を開いた。

「ウチ、もう人生、どん詰まりなんです。一生懸命、行けるとこ、生きられる道を探したけど、あっちもこっちもアカンかって、なんやもう全部、嫌になりました。ここに来たんは、死ぬ前に見ときたいもんがあったからです。それ見てから……もっぺん考えてもええですか、トンカツのこと」

「ええよ」

夏神は頷く。

「確かに、雑炊食べて気分はようなってきましたけど、トンカツ食べたあと、死ぬんをやめようと思うかどうかは自信あれへんです。それでもええですか？」

「ええよ。好きにしたらええ。俺らに気ぃ遣わんでええ。俺は約束どおり、旨いトンカツを作ったる。それだけや」

「……ちょっとだけ、楽しみになったかもしれへんです、トンカツ。わからんけど」

いかにも大阪ベースで活動していた人間らしい締め括《くく》りの言葉を口にして、レイナは席を立った。昨夜よりは、格段にしっかりした足取りである。

「あの、お支払い」

「要らん。まだ開店前や」

「でも」

「要らんて。気が済まんのやったら、次に来るとき、なんぞワンコインの手土産でもくれたらええ」

「！」

さりげなく、「次」の訪問に渡りをつける夏神の優しさに気づき、レイナは驚きの表情を、次第に和らげていく。

アイドルらしからぬ、顔をクシャクシャにする人懐っこい笑顔で、地下アイドル、いや、元地下アイドルは、「また、来……る、かもです」と小さく手を振り、店を出ていった……。

三章　目の前の未来

コンコンコン！

ずっと二回だったノックを、あるとき「ノックは三回以上するのが正しい」と訴えるマナー講師に遭遇して以来、海里はとりあえず三回することにしている。

もはや無意識の行動なので特に気にしていなかったのだが、彼が控え室に入るなり、部屋の主《あるじ》である女性は、「いつも三回ねえ」と不思議そうに指摘した。

彼女の名は、倉持悠子《くらもちゆうこ》という。

海里が幼い頃、悠子は「こどもリズムタイム」という長寿番組にほぼ毎日、出演していた。「ゆうこお姉さん」の愛称で親しまれた、いわゆる「歌のお姉さん」である。

その後、女優に転身した彼女は、今はこの芦屋市で夫と二人で暮らし、ときおり気に入った仕事を請け負うという悠々自適の半隠居生活をしている。

そんな彼女の数少ないルーティンワークのひとつが、毎週水曜日の夜、阪急芦屋川《はんきゅうあしやがわ》駅北側にある小さなカフェ兼バー「シェ・ストラトス」での朗読イベントだ。

小さな店の小さなステージ上に木製のクラシックな椅子を置き、そこに腰掛けた悠子が、だいたい一時間ほどかけて物語や詩を朗読する。

それを観客が食事や酒と共に楽しむという、大人向けのシックな催しである。

海里は、「ばんめし屋」常連の売れっ子作家、淡海《おうみ》五朗《ごろう》に紹介されたこの店で悠子に出会い、彼女の「弟子」として朗読のレッスンを受けつつ、水曜の夜は夏神に休みをもらって、悠子のサポートをしている。

今、イベント開始前の控え室に海里が持ってきたのは、開演前に悠子が必ず飲むことにしている、摂氏六十度に調製した白湯《さゆ》だった。

大さじ一杯のはちみつをとかし込んだその白湯を飲みながら、彼女は長い朗読に備え、入念な喉《のど》のウォームアップをするのである。

「お白湯、どうぞ。……ノック、三回だと気になります？」

海里は、狭い楽屋のごく小さな化粧机の空き場所に、注意深くグラスを置いた。突っ立って控えられてはかえって気になると悠子が言うので、トレイを持って壁際のスツールに腰を下ろす。

既にメイクを済ませた悠子は、慎重に白湯の温度と甘さを確かめて一口飲んでから答えた。

「気になるというほどじゃないけど、二回の人が多い印象だから」

「俺もそうだったんですけど、前にクイズ番組に出たとき、マナー講師が、『ノック二回はトイレの個室に人が入ってるかどうか確認するときと同じだから、相手に失礼にあたる』とか言ってて」

悠子はいかにも不愉快そうに顔をしかめ、若い頃から変わらない澄んだ声で「なあに、それ。馬鹿馬鹿しいわね」と吐き捨てた。

歌のお姉さん時代の柔らかで優しい雰囲気を保ち続けている悠子だが、付き合ってみれば、その性格は竹を割ったよう、なおかつ、なかなかに辛辣《しんらつ》である。

「俺もそう思います」

海里が同意すると、悠子は自然な形に整えた眉《まゆ》を軽くひそめた。

「そう思うなら、どうしてノックを諾々と三回にしているの？」

思わず笑いかけた海里は、唇を無理矢理引き結んでやり過ごし、真顔を保った。

役者の師匠としての悠子は、常に理路整然と海里を指導してくれる。

昔、小学校の音楽の先生がよく言っていたような、「頭のてっぺんから声を出して」などという指示は決してしない。

「その文句には、『頬や眉間《みけん》のあたりにある副鼻腔《ふくびこう》に声を共鳴させて豊かな発声を心がけなさい』という意味合いがあるんじゃないかしら。副鼻腔は頭蓋骨《ずがいこつ》の内部の小部屋だから、音がよく響くのよ。でも、わざとやろうとしてできることではないわね。もし、あなたが鼻炎持ちなら、速やかな治療をお勧めする程度かしら」

いちいちそんな風に科学的な根拠を示してくれるので、海里としては理解しやすいし、受け入れやすい。

一方で、悠子は弟子の海里にも、理屈の通った行動を期待する。

さすがに、レッスン以外のことでこんなに鋭い突っ込みを食らったのは初めてだが、いかにも悠子らしくて、驚くと同時に好感が持てる反応だ。

「俺も、番組の収録中ずっと、バカみたいだなって思ってました。でも」

「でも、考えが後で変わったの？」

ゆっくりと白湯を啜《すす》りながら、悠子は胸元のペンダントの位置をさりげなく直した。五十歳を過ぎ、髪に白いものが二割ほど交じり始めた悠子だが、敢《あ》えて染めずに緩いカールのアクセントにしているのが、品のいい顔立ちによく似合う。

朗読中、呼吸を妨げない楽なデザイン、しかし客に失礼にならない程度のフォーマルさといういささか相反しがちな条件を満たす服として、悠子はノースリーブ、ふくらはぎの真ん中あたりまでのAラインワンピースを愛用している。

うなじのくるみボタン以外、装飾のないシンプルな仕立てなので、色々な服やアクセサリーと組み合わせたアレンジが容易で、着回し感が出ない。さすが、女優の賢い買い物といった趣だ。

今夜も、そのワンピースの上に羽衣のように薄い水色のストールを羽織り、ヴェネチアングラスのペンダントを着けて仕上げた舞台衣装は、いかにも涼しげで、真夏のライブイベントにふさわしい。

「ノック三回以上が、意義あることだと考えるに至った理由があるの？」

言葉を探す海里に、悠子は畳みかけるように訊《たず》ねてきた。ライブ前の大切な準備時間を無駄にはしたくない、しかし海里の思考はハッキリ把握しておきたい。そんな葛藤《かっとう》が透けてみえる性急さだ。

海里は師匠の時間を浪費していることに気づき、大急ぎで、おそらくは心に忠実であろうと思われる言葉たちを引っ張り出した。

「意義があるとは今も思わないです。ただ、マナー講師がそういうこと言うからには、ホントにノック二回を失礼だと感じる人がいるんだろうなあって思いません？」

悠子は、ほんの少し不機嫌な顔つきになって、首を傾げる。

「いたとしても、そう多くはないと思うけど」

「でも、ノック三回を失礼に思う人がいないんなら、三回にしとけばいいんじゃないかって、そう思ったもんで。理由は、ただそれだけです」

「つまり、無難だから？」

「そうですね。無難だし、ノック二回も三回も手間はさほど変わらないし。四回はちょっとくどいから、そんなわけで三回」

「なるほど。一理あるわね」

「納得してもらえてよかったっす。じゃ、俺はこれで。店に戻らなきゃ」

海里は話があっさり落着したことに安堵《あんど》しつつ、素速く立ち上がった。

悠子の朗読ライブを無料で聴かせてもらう代わりに、海里は「シェ・ストラトス」をひとりで切り盛りしている店主、砂山悟《さやまさとる》の手伝いも買って出ている。

接客やホール係に留《とど》まらず、最近は調理も手がけているので、海里自身もあまり長々と油を売るわけにはいかないのだ。

しかし、海里が控え室を出て行こうとノブに手をかけたとき、背後から悠子が海里を呼び止めた。

「はい？」

海里は怪《け》訝《げん》そうに首をねじ曲げて振り返る。

「その考え方は、確かにとても現実的だわ。無駄な摩擦を避けるという意味でも、賢いやり方だと思う。でも、これだけは覚えておいてちょうだい」

「……はい」

海里はいったんドアノブから手を離し、身体ごと師匠のほうへ向き直る。

今度は悠子が自分の求める言葉を探すように、軽く仰向《あおむ》いて虚空を見ながら口を開いた。

「一方で、あなたがノック三回を実行することで、そのマナー講師の主張はほんの少しとはいえ肯定され、影響力という名の力を持ってしまう。他にも、テレビを見ていて、あなたと同じように考えた人がきっといるでしょう。その人たちの数だけ、マナー講師には、強い力が与えられてしまうの」

「強い、力……？」

「強い影響力を得たマナー講師が、人の命にかかわるような出任せを口にしたとき……どうなると思う？　『無難』を選んだ人たちが与えた力で、そのマナー講師は、誰かの心や命に思いきり切りつけるかもしれない。本来、非難されるいわれのない人たちを、危うい崖《がけ》っぷちに追いやってしまうかもしれない。その危険性は、心に留めておいて」

静かな声でひと息に話し終えた悠子は、ショックを受けている様子の海里に小さく微笑みかけ、慰めるように付け加えた。

「あなたの行動が悪いと言っているわけじゃないの。あなたがそうしたいなら、これからもノックは三回でいいわ。だけど、摩擦を避けるための無難な選択が常に正しいとは限らないこと、時には頑固に自分が思う道を行くことも大切だってこと。これはマナーの話じゃなく、むしろ表現者としての振る舞いの話よ」

「え？　いつからそっちの話に？」

「こっちの話。私やあなたの話よ。無難な選択に甘んじて、自分の望みや考えを深く突き詰めることを怠ると、その怠惰に思いもよらないタイミングでしっぺ返しを食らうことになる」

「怠惰……」

思わぬ言葉に、海里は目を丸くして、自分と悠子をごく小さなアクションで指さしてみせる。悠子はニッコリして話を続けた。

「ええ。たとえば、私はこのお店ではいつも、お客様が心豊かに、楽しく、リラックスできるようにと心がけて朗読をする。作品選びにおいても、朗読のテクニックについてもね。だけど」

悠子のたおやかな手が、目の前の机の上に置かれた薄い台本を取り上げる。

「淡海五朗先生が書かれたこの物語の中には、愛情や喜びや優しさと同じくらい、ううん、ちょっと少ないかな。でも、けっこうな分量の妬《ねた》みや憤り、悲しみ、憎しみ、寂しさが含まれている。知っているわね？」

「勿論《もちろん》」

海里は迷いなく答え、再びスツールに腰を下ろした。

毎週、ライブの後、悠子は翌週に読む予定の作品を、海里に教えてくれる。

いちいち悠子からテストされるわけではないが、当日までにきちんとその小説なり詩なりエッセイなりを読み込んでくることが、海里の最低限の「予習」なのだ。

確かに、今週のライブのために悠子が選んだ、淡海五朗の初期の短編には、血の繋《つな》がらない母と子の間に潜む遠慮やぎこちなさ、そこから生まれてしまった嫉妬《しっと》や苛立《いらだ》ちといったネガティブな感情が渦巻いていた。

最終的にはそれなりに穏やかな結末を迎えるので読後感はいいのだが、読み進めるのにいささか骨が折れる物語である。

「正直、今回の作品は、ここのライブにはちょっと重過ぎかなって思ってました」

素直な感想を述べる海里に、悠子は満足げに笑みを深くした。

目元や口元に遠慮無く刻まれる皺《しわ》は、彼女がこれまで重ねた日々が作り上げたメイクアップのようで、若い頃の弾《はじ》けるような笑顔とはまた違った魅力を生み出している。

「日々のお仕事が忙しいのに、ちゃんと読んできてくれたのね。ありがとう。そうなの。今日の話は、わざと娯楽にしてはやや重い話を選んだの。お客様がいたたまれなくなるほどではないけれど、それでも心に棘《とげ》みたいにチクッと刺さるものを読みたい。なんだか無性にそう感じたから」

己の欲を隠さない、悠子の明快で率直な説明に、海里は戸惑いながらも応じる。

「つまり、お客さんがそれを望もうと嫌がろうと、この店の雰囲気にはちょっとそぐわないかもしれなくても、今夜はダークな話が読みたいから読むと決めたんだ、と？」

「そう。もしかしたら、今夜の話は気に入ってくださらないお客様が多いかもしれない。……でも、読みたいの。だから、読む。こんな夜に、お客様が好きそうだから、なんて理由で『無難』な作品を選んだりしたら、私は本当の意味で、全身全霊をこめて読むことはできないと思うわ」

「確かに、そうかもしれないです。わかる気がします。でも、それってプロとして正しいことなんですか？　俺的には、常にお客さんが喜ぶものファーストってのがプロのあり方かなって思ったりするんですけど。……その、生意気ですみません」

悠子が、開演前の貴重な時間を使い、とても大切なことを教えてくれている。

それに気付いた海里は、背筋をスッと伸ばし、熱の籠《こ》もった声で率直な疑問をぶつける。

　すると悠子は、片手で台本の表紙を軽く叩《たた》いた。

「でも、それって私たちの思い込みってところもあるんじゃない？　お客様はいつも、穏やかで静かでハッピーな物語だけを欲している……なんて高を括《くく》るのは、むしろ失礼なことじゃないかしら。それって、お客様の心のキャパシティを勝手に小さく見積もっているってことでしょう？」

　海里は店の仕事に戻ることをすっかり忘れて、腕組みして考え込んでしまう。

「うーん。言われてみればそういう考え方もあるか。確かに今、喜んで貰《もら》っているのはそういう優しい綺麗《きれい》な作品だけど、もしかしたら、ダークな作品や激しい作品も受け入れてもらえるかもしれない……？」

「ええ。勿論、このお店の雰囲気を壊さない領域に留める理性は必要よ。それは、マスターの砂山さんへの礼儀。だけど、許される範囲で、私はお客様にチャレンジしてみたい。同時にそれは、私自身へのチャレンジでもある」

　チャレンジ、という言葉に、悠子はグッと力を込めた。

「最初は驚きや、若干の不快感、あるいは失望をもって迎えられるかもしれないけれど、朗読を終えたときには、『悪くはなかったな』と思っていただけるように、工夫を凝らすわ。いつもの優しい、穏やかな空気感もいいけれど、時には小さなバトルを経て、私とお客様はさらに一段、いい関係へと進める気がするの。いいえ、そうなるようにしなくてはならない。そこでしくじらないのがプロ。私はそう信じてる」

真摯《しんし》な悠子の言葉に、海里は無意識のうちに少しずつ前のめりになっていた。両手をジーンズの膝小僧《ひざこぞう》の上に置いて、彼もまた、熱っぽい声を出す。

「俺、いつからそういう勝負する気持ちを忘れてたんだろう。ミュージカルでデビューした頃は、毎日が仲間とのバトルで、演出家の先生とのバトルで、お客さんとのバトルだった」

十代最後の懐かしい日々を思い出し、海里は遠い目をする。

「演技もアクションもMCも、何もかもが初めてで、何一つ上手《うま》くやれなくて、でも演じるキャラクターに少しでも近づこう、俺たちよりずっと昔からキャラクターを愛してきたお客さんに認めてもらえるように、全力で挑もう。幕が上がる前、みんなで円陣を組んで、いつもそんなこと言い合ってたのに。なんか……今の今まで、スポーンと忘れてました」

膝小僧を摑《つか》む海里の両手に、我知らずギュッと力がこもる。

「朝の情報番組でお料理コーナーをやらせてもらってたときは、心の底でいつも、『こういうのでいいんだろ？　こういう馬鹿馬鹿しい軽いノリが好きなんだろ？』って思ってました。……ほんと、俺、いつからあんな風に、大事なファンを小馬鹿にしてたんだろう。で、そんな自分を反省しての今のはずだったのに、結局、根っこのところで『無難』にしがみついてたんだなあ」

苦い後悔と自己嫌悪を噛《か》みしめながら、海里は悠子にペコリと頭を下げた。

「ありがとうございます。俺、倉持さんのおかげで、半歩踏み出せた気がします。一歩にするにはどうすればいいかは、これから考えなきゃ駄目ですけど」

「頑張って。でも今夜はまず、私の一歩を見ていてちょうだい」

「勿論で」

勿論です、と海里が言い終えないうちに控え室の扉をコンコンと二回叩いて、マスターの砂山悟が顔を出した。

小柄な身体をオーバーサイズのサマーセーター、しかもオーストラリアで買ってきたという、水着姿のコミカルなサンタクロースを織り込んだ、いわゆる「ダサセーター」を着込んだ彼は、海里にセカセカした口調で言った。

「五十嵐君、取り込み中悪いんだけどね、悠子さんのステージ目当てのお客様が続々ご到着なんだよ。僕は目が回りそうだ」

「あっ、いけね！」

海里は弾かれたように立ち上がり、まずは砂山に、次は悠子に謝った。

「すみません、マスター。倉持さんも、ステージ直前の大事なときに、話し込んじゃって。すぐ店に戻ります。……あの、見てます。弟子が言うのも何なんですけど、頑張ってください！」

「ありがとう。五十嵐君が見ていてくれると思うと、とっても心強いわよ」

悠子はいつものやわらかな笑顔に戻って、軽く手を振ってくれる。

海里はもう一度一礼すると、砂山の背中を追って、満杯になりつつあるホールへと飛び出していった。

＊　＊

「すいませーん！　ハートランドビール二つね！」

「今日、何かサンドイッチある？」

「同じのをお代わり！」

朗読ライブが終わり、悠子が控え室に引き上げた途端、あちこちのテーブルからオーダーが入る。

一日のうち、店がいちばん忙しくなる瞬間だ。

オーナーの砂山は、カウンターの中で飲み物や食べ物を用意することに専念せざるを得なくなるので、オーダーは海里がひとりでテーブルを飛び回って取ることになる。

息つく暇もないその三十分ほどの時間が過ぎ、ようやくオーダーが落ちついた頃、海里は、最後列の二人掛けの小さな丸テーブルに、馴《なじ》染みの顔があることに気づき、そちらへ足を向けた。

近づいてくる足音を聞き分け、その人物は海里のほうへ顔を向けた。

涼しげなブルーの、ポロシャツの裾《すそ》をうんと長くしたデザインのワンピース、それに平べったい靴底のサンダルを履いた、若い女性だ。

髪は短めのボブカット、あまり化粧っ気のないあっさりした造作の顔だが、ふっくらした唇が印象的なその女性に、海里は小さな咳払《せきばら》いをしてから話しかけた。

「こんばんは、中山さん。いらしてたんですね。俺、ちょいと今日はバタバタしてて、お迎えできなくてすみませんでした」

中山さんと海里が呼んだその女性の名は、中山瞳という。

一昨年《おととし》、交通事故で脳に損傷を負い、視覚のほとんどを失った。今は、辺りが十分に明るいときだけ、ぼんやりもののシルエットが見える程度の視力であるらしい。

残念ながら、「シェ・ストラトス」の客席の照明は暗めに調節されているので、瞳の視線は海里の顔に定まらず、絶えず不規則に揺れている。

最初はその落ちつかない目の動きに漠然とした居心地の悪さを感じていた海里だが、幾度か会って言葉を交わすうち、まったく気にならなくなった。

「こんばんは、五十嵐さん。ちょっとお久しぶりです」

弾むような瞳の声に誘われ、海里の声も明るくなる。

「ですよね。二週間ぶりかな？　一昨日《おととい》の夜遅く、坂口君が『ばんめし屋』に飯食いに来てくれましたよ」

例の、「お友達から」付き合っているバンドマンの名を聞くと、瞳の色白な頬に紅が差す。

いかにも初々しい照れようを微笑ましく思いつつ、海里は瞳の横に立ち、丸いアルミのトレイを片手に提げたまま話を続けた。

「二人とも仕事が忙しくて、なかなか会えないんですって？　だけどこないだ一緒にコロッケ作った話を聞きました。宇宙一旨《うま》い揚げ物だったって」

「……もう、すぐそんなことをペラペラと、あの人は」

両手を頬に当てて照れる瞳に、海里は小さく笑った。

「いいじゃないですか。つか、仕事、どうです？　事故の前に勤めてた美術館に戻って、事務員になったんでしたっけ？」

瞳は見ようとすることを諦《あきら》め、目を閉じて頷《うなず》いた。

「はい。学芸員やった頃と業務内容ががらっと変わってしもたんで、最初はうんと戸惑ったんですけど、やっと慣れてきました。言うても他人様《ひとさま》よりどうしても時間はかかりますし、ワガママ言うて、学芸員が自主的にやってる勉強会にオブザーバーで交ぜてもろたりしてるんで、それなりに忙しいんです」

「いいことじゃないすか。中山さん、前より何だか颯爽《さっそう》としてますよ」

「こんなにモタモタしてるのに、そんなん言われたら恥ずかしいです。……あ、それより」

「あっ、そうだ。グラス、空っぽですね。なんか用意しましょうか？　あと一杯くらいは、飲んでいけるでしょ？」

海里に問われ、瞳は少し考えてから答えた。

「はい。じゃあ、何か夏らしい、爽《さわ》やかなカクテルを。アルコールは弱めがいいです。明日《あした》も仕事なので」

「了解。じゃ、ちょっと待ってて」

周囲のテーブルの空いた食器をトレイに集め、海里はドリンクが揃うカウンターへといったん戻った。

ほどなく瞳の席に戻ってきた海里は、彼女の前にワイングラスを置いた。目が不自由な瞳でも安心して持つことができる、柄が太くて短い、安定感抜群のグラスである。

「はい、お待たせ。爽やかっていったらレモンでしょ！　ていうマスターのわかりやすいアイデアから生まれたカクテルをどうぞ」

瞳は、海里がグラスを置いた音を頼りに、両手をテーブルの上に這《は》わせ、グラスの底面を探り当てた。

「冷たい。じゃあ、これはレモンのカクテル、ですか？　確かに柑橘類《かんきつるい》の香りがします」

「リモンチェッロっていうレモンのリキュールと、グレープフルーツジュースと、ライムをひと搾りと、炭酸水」

「わあ、飲む前から爽やかですね」

「でしょ？　絶対外さない組み合わせだから、きっと旨いよ。どうぞ」

「じゃ、いただきます」

グラスを両手で持って、慎重に口をつけた瞳は、すぐに「美味《おい》しい！」と素直な感想を口にした。

「想像してたのより、もっと爽やかです。リキュールやジュースを使ってるのに、甘ったるくはないんですね」

「ライムの一搾りが全体をギュッと引き締めてくれるんだって、マスターが言ってたな。気に入ってもらえてよかったです。伝えたら、きっとニヤニヤして喜びますよ」

「はい。是非お伝えください。……あ、えっと、カクテルも素敵なんですけど、それより言いたかったのは、倉持さんの今夜の朗読、なんだかいつもと違ってた気がして」

海里はギョッとしつつ、探るように問いかけた。

「どういう風に？ あんまし気に入らなかったですか？」

そんなことはないと即座に否定することはせず、瞳は思慮深い彼女らしく、うーん、と迷いながら答えた。

「正直、これまでは癒《いや》されるっていうか、穏やかで優しい声に包まれて、微笑ましかったり、ちょっと切なかったり、幸せだったりする物語の世界に浸れる感じだったんですけど、今日は……なんやろ。そういうのとは違いましたよね」

「やっぱ、わかりました？」

「物語がいつもより重かったですもん。主役の中学生の男の子のお母さんが亡くなって、お父さんがわりとすぐ再婚しはったんが、そもそもしんどかったです。で、新しいお母さんと微妙な距離やけどお互い配慮しあって上手《うま》いことやってたんが、お母さんに赤ちゃんが生まれた途端に変わってしまった家庭の風景が、ほんまにつらかった」

「だよなあ」

思わず実感を込めた相づちを打つ海里に、瞳は冷たくてスッキリするカクテルをもう一口飲み、頷いた。

「赤ちゃんがたちまち家庭の中心人物になって、それまで腫《は》れ物に触るようにされてた自分が両親から投げ捨てられた感じ。実の親子でも多かれ少なかれ起こることやと思うんですけど、そんなつもりはなくても、それまで優しかった義理の母親が、赤ちゃんにかかりきりで素っ気なくなって……」

「自分は捨てられた玩具《おもちゃ》みたいなもんだ、って思うくだりですよね。あれは聴いてて胸が詰まったな」

瞳は深く頷いた。

「でも、父親は無邪気に『家族が増えてよかったな。もう寂しくないだろ』って男の子に笑顔を向けるところ。それを否定したら、家庭の中で自分の居場所がなくなるんやって知る場面を読んでる倉持さんの声、本当に、周りの空気が急に泥みたいに重く冷たくなって、息をするのも苦しくなる感じがしました」

声に出して相づちを打つのも忘れ、海里は溜《た》め息と共にゆっくりと顎《あご》を上下させた。

気配で、海里が自分の感想に同意してくれたのを察したのだろう。瞳は少し安心したように話し続けた。

「鬼気迫るっていうか……別に大声なんて全然出さへんし、台詞《せりふ》も感情たっぷりとかじゃないのに、男の子の張り詰めた心や、胸いっぱいに詰まった、誰にもぶつけられない怒りが肌にピリピリくる感じでした。とうとう男の子が家を飛び出すあたりまで、もう、ひたすらにつらくて。他の方々もそうだったんじゃないでしょうか」

　これには、海里も苦笑いで同意した。

「マスターが嘆いてました。今日は、全然注文が入らないねえって。皆さん、いつも以上に倉持さんの朗読に引き込まれて、飲み食いするのを忘れちゃってたみたいです。俺も、暇なのをいいことに、ホールの隅っこでオーダー待ちをしながら、ずっと聴いてましたよ。勝手に両手がグーになってて……打ちのめされたなあ」

「男の子が可哀想で？」

「あ、や、そっちじゃなくて。倉持さんが立派な女優さんだってことは重々承知してたんですけど、やっぱ、役者としての器が二回りも三回りも……いや、百回りも違うんだって思い知らされて、ズガーンと」

「ああ、そっち。そっか、五十嵐さんも倉持さんについて、朗読のお勉強をしてるんでしたっけ」

「朗読のお勉強っつか、まずは朗読に取りかかれる身体作りから始めて、最近やっとまともに朗読の稽古《けいこ》をつけてもらえるようになったところっすよ」

「身体から？　朗読のために、筋トレを？」

「基本は、筋トレ、ストレッチ、発声練習っすね。声帯にも筋肉は必要なんで。朗読って、ただ座って本を音読するだけじゃないんですよ。あれで、全身の筋肉をバランスよく使ってるんです」

「へえ……？」

「倉持さんがよく言うんだけど、お能の役者……能楽師っていうんでしたっけ、あの人たちは、緊迫した場面を演じるとき、一歩も動かないのに、心拍数をほんの数秒で、いつもの倍以上に上げるんですって」

「動かへんのに、そんなことできるんですか⁉」

　ビックリして軽くのけぞる瞳に、海里も感心しきりで同意する。

「背後のミュージシャン……とは言わねえな、何ていうんだろ。ああいう人たちもそうなんですって。本気で魂を込めると、役者ってそうなるんすよ。俺は飛んだり跳ねたりするほうの役者だったから、嫌でも心拍数は上がりっぱなしでしたけどね。あとは緊張で心臓バクバクのほう」

　軽い自虐を笑いに変えて、海里はさっきまで悠子が座っていた、ステージに置きっ放しの椅子に目を向けた。

「あそこに座って、一歩も動かず、でも倉持さんは全身全霊で演じてたんです。控え室に引き上げてきたとき、こんなにエアコン効いてるのに、汗だくでしたもん」

「いつだって全身全霊でやってはるんやと思いますけど、今夜は特に、凄《すご》い圧みたいなもんが伝わってきました。それでいて、家出した男の子が警察官に見つかって家に連れ戻されてからの、義理の母親と男の子が初めて真《ま》っ直《す》ぐ向かい合って、でもすぐ赤ちゃんが泣き始めて、何度も話を中断して二人であやすうちに不思議に心が近づくあたり。打って変わってコミカルにテンポよく読んでくれはったから、温かい笑いもこみ上げて、自然に嬉《うれ》しい涙も出てきて、本当に感情が掻《か》き乱されて大変でした。でも、終わってみれば何だか不思議なくらい幸せです」

「満点」

「はい？」

「倉持さんが、お客さんに期待して、自分もそうできるように努力するって言ってたこと、全部今、中山さんが言ってくれた。……あとで倉持さんに伝えていいっすか？　それとも、直《チョク》で言います？　きっと喜ぶと思うなあ」

　すると瞳は、はにかんだように笑って答えた。

「伝えてください。前に倉持さんには素敵なアドバイスをいただいて、ほんまに嬉しかったから。『自立が孤立になってはいけない』っていうの。今も、胸に刻んでます。でも特別扱いして貰《もら》うのは、あのときだけで十分です。他のお客さんと同じに、遠くからそっと憧《あこが》れてます」

「中山さんはストイックだなあ。俺だったらほいほい会いに行っちゃうけど。でも、そうやってお客さんのほうから距離を保ってくれるの、ありがたいっちゃありがたいです。距離感摑《つか》めずに、ストーカーみたいになる人もたまにいますからね。じゃ、俺からちゃんと伝えます。絶対、滅茶苦茶《めちゃくちゃ》喜ぶから」

「お願いします。私、お会いしても、緊張して今言うたことの百分の一も言われへんから」

「わかるわかる。奥ゆかしいもんなあ、中山さんは」

「奥ゆかしいんやなくて、ただの引っ込み思案なんです。だから、人にハッキリもの言うんが苦手で。言わんならんときは、勇気を振り絞りすぎて……ほら、最初に五十嵐さん相手にやってしまったみたいに、きつすぎる言葉が矢みたいにボーンと飛び出してしまうから、いけないんです」

　初対面のとき、瞳が視覚障害を押して朗読イベントに来てくれたのに感動し、悠子に会えるよう取り計らおうとした海里は、瞳から「それは優しい差別だ」というショッキングな言葉をぶつけられた。

　そのときの衝撃を思い出し、海里は思わずワイシャツの胸に手を当てる。

「あー、あれはザックリ刺さったなあ」

「すいません、ほんとに。ありがたい申し出やったのに、私、しょうもない意地張って酷《ひど》いことを」

「いやいや、あの言葉がなかったら、俺、自分の心の中の安い同情に気付かなかったと思います。ありがたかったっすよ、マジで。役者は基本的にドMなんで、スパルタは大歓迎です」

　笑いで流しつつも、少し心配になって話題を変えた。

「あの、これはガチで余計なお世話ですけど、もし、坂口君と何かあって誰かに相談したくなったら、いつでも声かけてくださいよ。愚痴を聞くくらいはできますし、『ばんめし屋』に来てくれたら、夏神さんもロイドもいるし。俺よりはまともなアドバイスができると思うんで」

　思わぬ申し出に、瞳は閉じていた目をパチパチさせ、そして、やはり恥ずかしそうに小さな肩をすぼめた。

「ご心配、ありがとうございます。確かに最初は他人どうしやから色々『えっ？』て思うこともありましたけど、坂口さん、基本的に凄くええ人ですから」

「それは俺も知ってますけど……その」

　海里が言葉を濁した理由を察して、瞳は少し困り顔で頷《うなず》いた。

「ああ、そっちのこと。坂口さんね、イラッと来たらすぐ言うてくださいって、決まり文句みたいに言うんですよ。何でしたっけ、発達障害？　そういう脳のイレギュラーがわかってからは、お薬を飲んで、カウンセリングを受けて、トレーニングして、だいぶ『普通』っぽくなってきた。それでも、やっぱり人の気持ちを推し量ることだけはどうにも苦手やからって」

「あー」

先日の夏神と坂口との会話を思い出し、海里は思わず天井を仰ぐ。

「坂口君、思ったことを、言われた相手がどう思うかとかあんまり考えずに、フランクに言っちゃうとこあるもんなぁ。今は愛すべき正直者レベルではあるけど、たまにヒヤッとさせられますよ」

「そうそう。そういうズケズケタイプの坂口さんと、なかなか思ったことが言葉に出せない私なんで、対照的ですよね。それで私がすぐ小さい不満を溜《た》めてしまうんで、対策としての『イラッと来たらすぐ言うてください』です」

「ああ、なるほど。で、イラッと来るんですね、やっぱり」

「まあ、そこは誰との関係でもそうやと思うんで、ご心配いただくようなことはないんです」

「ホントに？　だったらいいけど」

「ああ、でも」

「やっぱあるんじゃ……」

「いえ、ご相談せんとあかんほど深刻な話ではないんですけど、この前、初めて猛烈に苛《いら》つきました」

海里は思わず軽く身を屈《かが》め、瞳のほうに顔を近づけて訊《たず》ねる。

「いったい何したんすか、坂口君」

「日曜日にデートしようって、阪急芦屋川駅で待ち合わせしたとき、私が少し遅刻したんです。着るものに迷ってたら、うっかり時間がかかってしもて」

「可愛い遅刻理由だな。俺なら絶対許しちゃうけど、坂口君、そんなことで怒ったんですか？」

「いいえ。ちっとも怒りはせんかった代わりに、あの人、笑いながら何て言ったと思います？」

具体的な台詞《せりふ》は思いつかないものの、嫌な予感がして、海里は早くも顰《しか》めっ面になる。

「考えたくもないなあ。何て言ったんです？」

「それがね、『俺は、瞳さんが何着てきても気にせえへんし、瞳さんは自分が何着ててても見えへんのに、なんでそない悩んでたんです。しょーもな』って」

思わず、海里は絶望の声を上げる。

「うわああ……言うにこと欠いて何てことを！」

「でしょう？　酷いでしょ？　だからさすがに私も、『今のは最高にムカつきました！』って怒っちゃって」

「そりゃそうですよ。殴ってもいいくらいだ」

海里は憤慨しきりで相づちを打ったが、何故か瞳は「ねえ」と言いながら、ふふっと笑った。海里は面食らって首を捻《ひね》る。

「そのリアクション、変じゃないですか？　どう考えても怒るとこなのに、なんで急にご陽気なんです？」

　すると瞳は、控えめな笑顔ながらも楽しそうに答えた。

「スカッとしたんです」

「はい？」

「何故か、『ムカつきました！』って怒った途端、胸がすうっとして、肩から力が抜けて楽になってしもて」

「ムカついたのに？」

「はい、ムカつきながらスカッとしました」

「……わかんねえな」

「わからへんでしょうね。私ね、それまで、自分には誰かに腹を立てる権利なんかあらへんって思ってたんです」

　瞳の告白が意外で、海里の端整な顔には、ますます疑問符がちりばめられていく。

「なんでまた、そんな風に？」

　すると瞳は、やけに淡々とした口調で言った。

「だって、目が見えんようになってから、私、何をするにも他人《ひと》様《さま》の手を借りんとあかんようになったでしょう？」

「それは……でも、仕方がないことですよ。目が不自由な人を手助けするのは当たり前って、たいていの人は考えてると思いますけど」

「助けるほうはそうです。けど、助けられるほうは、なかなか『助けてもろて当たり前』なんて風には思われへんですよ。プライドも遠慮も、こぞって邪魔してきますから」

「……ああ、そりゃそうっすね。すいません、俺、また無神経なこと言っちゃった。坂口君のことを悪く言えねえな」

　素直に謝る海里に、瞳は静かにかぶりを振った。

「いいえ。私も、見えんようになるまで、同じ風に思ってましたから。当事者になったんで、偉そうに語ってるだけです。家族や他人様のおかげでどうにか生きてる、仕事のほうでも、職場の人たちに色々配慮してもらって、それでも何をするにもうんと時間がかかる。ミスもある。そんな人間が誰かに腹を立てるなんて厚かましい。無意識のうちに、そう思うてたんやと思います」

「や、マジでそんなことは」

「ないって皆さん言うてくれはるでしょうけど、でも、自分で自分が情けない、もどかしい。人生の途中でハンディを負った人間は、みんなそんな思いに苦しんで、どっか萎《い》縮《しゅく》して生きてるとこ、あるん違《ちゃ》うかな。『ムカつきました』って大きい声を出した瞬間、そういうグジグジした思いが、ばーんと吹っ飛んでいった感じがしたんです」

「ああ、それはわかる気がする。キレるのは決していいことじゃないけど、それがガス抜きになること、確実にありますよね」

「ありました！　それに坂口さん、すぐ謝って、言葉の意味もちゃんと説明してくれましたし」

瞳の笑顔を見ながら、海里はまたしても首を捻る。

「どう説明したらフォローになるのか、さっぱりわかんねえくらい失礼発言だと思いますけど、真意はどうだったんです？」

「それが……前半については、『何を着てても瞳さんは可愛いから、どんな服装で現れても、俺は、わー可愛いな、って喜びますよ』って」

「のろけかよ！　まあいいや、それは確かに言葉が足りないだけで納得っすね。でも、後半は……」

のろけかと指摘され、瞳は顔を赤らめつつも説明を続けた。

「後半の『瞳さんは自分が何着てても見えへんのに』っていうのは単なる事実でしょって言うから、それはそうだけど、自分で言う分にはよくても、他人にズケズケ言われると、それなりに傷つく言葉なんだって説明しました。そういうこと、ちゃんと言わないと本気でわかんないんですよね、あの人」

「ああ、なるほど……。人の気持ちを推し量るのが苦手ってのは、そういうとこもか」

「はい。説明しても、私のそういう微妙な気持ちが本当の意味で理解できるわけじゃないみたいなんですけど、とにかくこれは言われたくないことなんだなって学習してくれるので、とっても素直で助かります」

「なんか、中山さんがお母さんみたいになってきたな」

「ううん、ちゃんと対等ですよ。お互いの足りないところを埋め合えるって、予想以上に嬉《うれ》しいことなので。ネガティブな感情を勝手に溜め込んだり、愛想笑いで誤魔化したりせずに、ちゃんとその場で言葉にして相手に伝えることが大事だって、坂口さんには教えてもらってる気がします」

「そっか。じゃあ、後半に関しては、謝られてチャラっすか？」

「謝ってくれたし、『いつか一緒に暮らせることになったら、俺が毎日、最高に似合うコーディネートをご提案しますよ！』って言ってくれたので、チャラです」

「結局のろけじゃねえかよ！　くそ、心配して損した」

冗談めかして小さく地団駄を踏んでみせる海里に、瞳は幸せそうな真っ赤な笑顔で「すいません」と肩を竦《すく》めた。

＊　　＊

迎えに来た夫の自動車で帰宅する悠子を見送り、客が少なくなるまで店を手伝った海里が「シェ・ストラトス」を出たのは、午後十時過ぎだった。

今夜も熱帯夜らしく、空気はムッと湿って肌に粘り着くようだ。それでも、六甲山《ろっこうさん》からの夜風が、芦屋川のせせらぎをお供に吹きすぎるときだけは、ほんのひとときの涼感が訪れる。

　川沿いに南へ下り、国道二号を越え、カトリック芦屋教会の前を通り過ぎると、海里の足なら十分ほどで「ばんめし屋」に帰り着くことができる。

　川を挟んで向かい側は住宅街なので、夜は暗く静まりかえっている。それだけに、「ばんめし屋」の引き戸の磨《す》りガラス越しに漏れる光は温かく、どことなく、思い出の中の祖父母の家じみて懐かしい。

　深夜、食事目当てだけでなく、人恋しさや寂しさを抱えた人々がこの店を訪れるのも道理だと、毎週のように海里が実感する瞬間だ。

　店内から聞こえる賑《にぎ》やかな笑い声に嬉しく耳を傾けつつ、彼は勝手口に回り、そこから静かに店に入った。

笑い声の主は、海里の予想どおり、テーブル席に陣取った三人連れの客たちだった。

　男性二人、女性一人という取り合わせの彼らはいずれも高齢で、そこそこの常連客だ。

「ただいま帰りました。いらっしゃいませ」

　海里が愛想良く挨拶《あいさつ》すると、三人が口々に挨拶を返してくれる。

　なんでも彼らは全寮制の中学・高等学校の同級生なのだそうだ。当時、男女の寮は分かれていたが、消灯後に管理人夫婦の目を盗んで男子生徒が女子寮に遊びに行き、意中の女子たちを誘ってお喋《しゃべ》りやトランプにこっそり興じるのが流行《はや》りだったらしい。

互いに歳を取って時間が出来てからは、こうして毎週水曜日、「夜遊び会」と称して、当時のように敢《あ》えて遅い時間に色々な店を巡って食事会をしている元気な人々だ。

「今日は、うちの店の番ですか。一ヶ月ぶりくらいですかね？」

厨房《ちゅうぼう》に入って手を洗いながら海里が問いかけると、その世代にしてはかなり長身でガッチリした体格の男性が、快活に答える。

「そやな。ここは全員の家からそこそこ近いから、集まりやすいねん。あと、マスターの作る飯がな……」

そのあとを引き取ったのは、彼の向かいにいる、白髪の美しいショートカットが印象的な女性だ。

「そうそう、マスターの作ってくれる定食が、寮母さんが作ってくれるご飯によう似てるんよ。勿論《もちろん》、マスターの作るほうがうんと美味《おい》しくはあるんやけど、お献立がね」

「そら、光栄ですわ。次に来てくれはるときがわかっとったら、日替わりの献立にリクエストもそれなりにお受けできますよ」

夏神も、機嫌よく声を掛ける。三人は、おお、と明るい歓声を上げた。

「そら嬉しいな。ほな、来週もここにしよか。ほんで、マスターに何をリクエストする？」

「相談しよ！」

「おう、激論を闘わせよか」

三人は今日の日替わり定食を食べながら、賑やかに昔食べた美味しいものの話で盛り上がり始める。

「お帰りなさいませ、海里様」

追加のキャベツをしゃくしゃくと慎重な手つきで千切りにしながら、ロイドはいつもの柔和な表情で迎え、しかし、素速く意味ありげな目配せをした。

タオルで汗を拭《ふ》きながら、その視線の先を追った海里は、「うぉ」と思わず小さな驚きの声を上げた。

店に入ったときから、カウンター席にぽつんとひとり、客がいることには気付いていた。

だが、七月も末だというのにビッグサイズの黒いパーカーを着込み、フードを被《かぶ》った後ろ姿しか見えていなかったので、てっきり男性だと思い込んでいたのだ。

しかしカウンターに入れば、どんなに俯《うつむ》き加減であっても客の顔は見える。

その人物の正体は、フードの縁からはみ出した、鮮やかなグリーンの髪を見れば間違えようがない。

例の地下アイドルグループ「オオサカ・オクトパス」の元メンバー、レイナである。

「い……いらっしゃい！」

海里は彼女の真正面に行き、敢えて明るい声と顔で挨拶をした。

「う」

それに最高に短く、ボソリと応じたレイナの顔を見て、海里は再び驚かされた。

一昨日《おととい》の夜は泥酔状態、昨日の昼は二日酔いと来て、三日目の今日の彼女の顔は、さっき照れていた瞳もかくやの「真っ赤」だった。

「どしたの、その顔。また飲んだ？」

海里が訊《たず》ねると、レイナはいかにも鬱陶《うっとう》しそうに、顔のパーツを中央にギュッと集めた。

「マスターと同じこと訊《き》かんといてえや。飲んでへん。風邪や」

「あー」

海里はポンと手を打った。

「だよな。最初に来たとき、ずぶ濡《ぬ》れだったもんな。ほら、やっぱあん時、素直に着替えを借りときゃよかったんだよ」

「ちょー、病人相手にマウント取るんやめてくれる？　ちゅうか、初めて入った店、それもオッサン三人しかおらんとこで、服脱がれへんやろ」

風邪のせいだろう、すっかりハスキーな鼻声になってしまっているレイナだが、舌は滑らかに回っている。

（風邪引いてても、今日は昨日よりずっと元気そうだな）

心の中で安堵《あんど》して、海里は陽気に混ぜっ返す。

「待って待って。オッサンとオッサンは両側にいるけど、俺はお兄さんの範疇《はんちゅう》だろ」

「そう思うてるんは自分だけかもしれへんで。お兄ちゃんは、知らん間にオッサンになるんや。お姉さんもお嬢さんも同じやけどな」

「……おばはんにクラスチェンジを」

「そうそう。言うても、ウチはまだ当分はお嬢さんやけどな！」

そう宣言してズビッと洟《はな》を啜《すす》り上げ、レイナはニッと笑った。アイドルにしては不敵すぎる笑顔だが、それでも笑えるのはいい傾向だ。

「そんで？　夏神さんのトンカツ、満を持して食いに来たの？」

敢えてストレートに突っ込む海里を、レイナは恨めしげに睨《にら》んだ。

「こんなズビズビの発熱状態で、揚げもん食べられるはずがないやん。買ってきた薬飲みたいから、何か食べさしてほしくて来ただけ」

背後の客たちに聞こえないよう、海里は声をひそめてレイナをからかった。

「薬？　最初、もう死ぬ感全開で来た人が、風邪は治す気満々なんだ？　やっぱ生きちゃうことにした？」

その期待七割の質問に、レイナはきっぱりと否定の返事をする。

「違《ちゃ》う。マスターが言うてたやん。具合の悪いときに考えごとしたらアカンて。そやし、昨日は二日酔いで保留、今日からしばらくは風邪で保留や。さっさと治して、それからまた仕切り直す」

「きっちりなさっていて、素晴らしいです」

すかさず褒めるロイドに、レイナはフードの奥の目をパチパチさせた。

「そこ、褒めるとこ違《ちゃ》いますて」

ロイドと夏神には年長者としてきちんと敬語を使うレイナに、海里は心配しつつも思わず微笑んだ。

「いや、ええこっちゃ。なんも急ぐことはあれへん。まずは元気になり」

礼儀をわきまえた客には優しい夏神なので、レイナをそれなりに甘やかすことにしたのだろう。彼の前にある行平鍋《ゆきひらなべ》では、今日も雑炊が出来上がりつつあるようだ。

「ちゃんとこの店のこと覚えてて、頼ってくれて嬉《うれ》しいよ、俺たち。つか、そうか、風邪引いてるから、このクソ暑い夜にパーカーとフードか。寒気があるんだよな？　熱、高いの？　ちゃんと計った？」

「さっき、マスターに体温計借りて計った。三七・七度」

「うわ、いちばんしんどいあたりの中途半端な熱じゃん。大丈夫？　食えそう？」

「食わんと死ぬて、マスターが言うてはったから。もっぺんちゃんと、死ぬって決めるまでは、死なへん」

やけにキッパリ言い切ったレイナの前に、夏神は昨日と同様、雑炊をたっぷり盛りつけた大ぶりの茶碗《ちゃわん》を置いた。

「こっちも、風邪っぴきで舌がアホになっとっても食えるもんを作っとるわ。プロやぞ」

「おっと、そりゃ失礼。はい、蓮華《れんげ》をどうぞ。つか、またしても旨《うま》そうだな！」

カウンター越しに蓮華を差し出しつつ、海里は夏神の雑炊に目を輝かせた。

「今日のは何？　ひじき……じゃないよね、黒っぽいの」

「もずくや。明日《あした》、酢の物にして小鉢につける分の上前を撥《は》ねた」

「ああ、なるほど。生もずくを刻んだやつか。旨そう。あとは……」

「人参《にんじん》、椎茸《しいたけ》、たまさかあったから、ブロッコリーの芯《しん》も皮を厚う剝《む》いて、コロコロに切って入れたった。ほんで、とろみをつけて、小口切りの葱《ねぎ》とおろし生姜《しょうが》をたっぷり」

「最高じゃね？」

心底羨《うらや》ましそうな海里に、夏神は鍋に残していた雑炊を、手近な鉢にあけた。太い指で、葱と生姜を載せ、海里の前にスッと置く。

「え、今夜は俺の分もあるんだ？」

「そろそろ帰ってくる頃やろと思うとったからな。今日もお疲れさん」

「……やった！」

顔を輝かせる海里を、ロイドは羨ましそうな、少しだけ恨めしげな顔つきで見る。

「うう、熱々でなければ、わたしもお相伴したいところでございます。されど、熱々でなくなるまで待っておれば、すっかりごはんが汁を吸ってふやけてしまう……」

「今度、冷たい雑炊を賄いで作ったるから、それまで待ち」

夏神は笑いながらロイドを慰め、レイナに声を掛けた。

「ゆっくり食べ。今日は鶏《とり》ガラスープで米炊いて、ちょい濃い目の味にしたから、まあまあ食えるやろ？」

まずは勢いよく洟をかみ、それから蓮華を重そうに取り上げたレイナは、昨日と同様、まずは半匙《さじ》掬《すく》った雑炊を弱々しく、それでいて忙《せわ》しなく吹き冷ました。鼻が詰まっているので、勢いよく息を吹くことができないらしい。

それから慎重に蓮華を口に運んだ彼女は、「んー！」と、食レポ中の芸能人のような声を出した。

「今日も美味《おい》しい。何これ。もずくって、こんな味やったっけ。もっと磯臭いかと思うてました」

「磯の香りも使いようやからな。熱を通して、おろし生姜を合わせると、ええ塩梅《あんばい》になる」

「へー。あ、ブロッコリーってこれかあ。旨っ。芯、いつも捨ててた。こんな軟らかくて美味しいんやったら、食べとったらよかったわ」

「うちでは、賄いに出るブロッコリーの芯は、いつも取り合いでございますよ。ねえ、海里様」

「取り合いってか、ほっといたらお前が全部食っちゃうから、自分の分を死守してるだけだろ！」

そんな二人の言い合いを面白そうに聞きながら、レイナはせっせと雑炊を平らげる。

「なあ。詮索《せんさく》するつもりはあれへんけど、何があってそないに死にとうなったんや？」

夏神が躊躇《ためら》いながら問いかける声には、他人の心に踏み込むことへの後ろめたさや迷いが滲《にじ》んでいる。

だからこそ、好奇心や下世話な気持ちで訊ねているわけではないと感じられたのだろう、レイナはチラッと海里を見た。

「マスターはともかく、あっちの人やったら、ネットで調べたら何があったかすぐわかるでしょ。知ってはるん違《ちゃ》うんですか？」

あっちの人、というのが自分を指していることはすぐわかったのだろう。客席に背を向け、雑炊をうまうまと平らげていた海里は、鉢を置いて振り返った。

「俺、そういうことはしないの」

「そういうことって？」

「そもそも、元芸能人なんだから、マスコミが流す芸能記事を信じるわけがないだろ？」

「あー。そら、確かに」

「だから、あんたの名前や『オオサカ・オクトパス』で検索して出てくることの、九割は信用できねえと思ってる。だから、はなから調べない。あんたが言いたいことだけ聴くよ。ああ、ただ、みんなで『オオサカ・オクトパス』の歌は聴いた。YouTubeに、ライブ映像がちょこちょこ上がってたから」

「無断撮影に、違法アップロードや！　ちゃんと報告しとってや。あ、いや、もう、グループ解散してもーたから、どうでもええんか」

投げやりに吐き捨てて、レイナは蓮華を置いた。

「なんや、もうあれこれ調べまくって、ウチのこと、可哀想がって親切にしてくれてはんのかと思っとったのに」

「アホか」

そんなレイナの言葉を、夏神はホロリとした苦笑いで一蹴《いっしゅう》した。

「俺は、この店の席に座った奴、ちゃんと飯が食える状態の奴は、みんな客として扱う。基本的に依怙《えこ》贔屓《ひいき》はなしやけど、二日酔いやら風邪っぴきやらの女の子に、定食食えとはよう言わん。しゃーないやろ」

「しゃーないですね。鯖《さば》の味噌煮《みそに》なんか、今食べたら絶対死ぬ」

しれっと言い返し、レイナはボソリと打ち明けた。

「地下アイドルって、大きな会社と契約できるわけやないから、インディーズの小さい会社に所属したり、全部自分たちでマネージメントしたりするんが当たり前なんです。うちら、メンバーのお兄ちゃんの友達の先輩がマネージャーになってくれて」

「……そら、だいぶ他人やな」

「めちゃくちゃ他人ですけど、経済学部卒とか言われたら、腕利きなんかなって思うたから。ラッキーって思ってたんです。最初のうちは、一生懸命やってくれたし。地元色を思いきり出して、地元の人にまず応援してもらお。大阪丸出し、大阪激推しでいこ！って、だっさいグループ名とか、だっさい歌とか、アイデア出してくれたんは、マネです」

ダサい、というあたりを肯定も否定もし難く、三人は黙って曖昧《あいまい》に頷《うなず》く。

「オーディションの話を集めてきたり、あっちこっちのお祭りやら開店セールやらのイベントに出られるように話をつけてくれたり、衣装を手作りするんも手伝ってくれました。こう、スカートのヒラヒラに、フェルトで作ったたこ焼きを縫い付ける作業とか、うちらより上手《うま》いくらいやった」

当時のことを思い出したのか、レイナはギュッと唇を嚙《か》みしめ、こみ上げる感情を抑えつけるような仕草をしてから、話を続ける。

「女の子四人グループやったから、小さい喧嘩《けんか》はしょっちゅうあったけど、マネがいっつも上手いこと収めてくれて、顧問の先生と部活やっとるみたいで楽しかったんです。ずっと、楽しかったんです」

「話を振っといて何やけど、言いたないんやったら、言わんでええんやで？」

つらそうな彼女を思いやり、夏神は念を押す。しかし、レイナは首を横に振った。

「関西ではそこそこ人気出て来て、東京の対バンライブに呼んでもらったとき、大手の芸能事務所の人から声がかかったんです。そんで、まあ、勿論《もちろん》イロモノ扱いやったんですけど、全国区になったら、どないでもイメチェンできる、よっしゃいけるって思ったのに……」

「のに？　何か、ご不幸が？」

ロイドも作業の手を止め、レイナのほうへやってくる。レイナは、欧米人のように、両手を軽く上げておどけてみせる。

「めっちゃご不幸乱れ打ちです。ひとりは、東京に引っ越すんを彼氏が嫌がってるって理由で、脱退」

「うわ」

ありがちな話に、海里は気の毒そうな面持ちになる。

「次は、なかなか言い出せへんかってんけど、親御さんが揃って病気しはって、介護が必要になったからって、脱退」

「それは何ともお気の毒に。して……？」

ロイドに促され、レイナはまた洟《はな》を盛大にかんでから言った。

「先の二人はダンスとコーラス担当で、三人目は、ウチと一緒にツインボーカルやってた子なんやけど。その子が、マネの子を妊娠して、結婚引退することに」

夏神は、困り顔で太い腕を組んだ。

「そら、めでたい話ではあるけど、グループとしては痛手やなあ」

「痛手どころか。その話を聞いた次の日ぃに、バンドで稼いだお金、東京での活動資金にするはずやったお金を全部持って、二人で雲隠れや。気ぃついたら、ウチひとり、ポッツーン！　やで！　ある？　そんなこと」

「まあ、ひとつひとつはよくある話だけど、全部いっぺんに来ると、なかなかつらいな」

海里の声には、隠しきれない同情が満ちている。かつて芸能界で色々なタレントを見てきただけに、夏神やロイドより、どうしても当事者寄りの気持ちになってしまうのだ。

「そやろ？　大手の音楽事務所も、ほな、ソロでやりますかってお情けで言うてくれたけど、ウチ、自分で思ってたより、ひとりでは何もできへんかった。グループやったら面白がってもらえた大阪コッテコテのはっちゃけも、ひとりでやったらイタいだけや。歌もあんまし上手《うも》うないし」

「……同意しにくいなあ、それ」

「顔が思いきりしとるわ！　たまにバラエティに出してもらえても、ひな壇でほとんど話は振ってもらわれへんし、たまにグループ時代の映像流されて笑いもんにされるだけで、気持ちがゴリゴリすり減っていって……。結局、事務所からもあっちゅう間にクビにされてしもた」

「すっげーわかるわ」

　短いだけに、海里の一言には、みずからの似たような経験がぎっちり詰まっている。レイナも、それには素直に「おおきに」と言い返した。

　夏神は、太い眉《まゆ》を八の字にして唸《うな》る。

「そやけど、それで死ぬまで思い詰めんでも」

　だがレイナは、力なく首を振った。

「ウチ、友達作るんあんま上手違《ちゃ》うかって、グループの仲間が、初めてできた友達やってん。家族みたいやって思ってた。みんながグループのことをいちばん大事に思うてるって、信じて疑ってへんかった。でも、そうやなかった」

レイナは、フードを被《かぶ》ったまま俯《うつむ》く。顔は見えなくなったが、半ば平らげた雑炊に、ポツンとひとしずく、涙が落ちた。

夏神はオロオロした顔で海里を見たが、海里もただ困惑の視線を返すだけだ。

「他のみんなには、グループより、アイドル活動より、大事なもんがあってん。グループを抜けても、その先の人生をちゃんと用意しとったんやわ。ウチだけや。グループの今だけ、グループの未来だけしか考えてへんかったんは。アホや。アホやけど、ずっとみんなで頑張れると思ってたんよ。ずっと、一緒に。ずっとみんなでわちゃわちゃ喧嘩したり笑ったり、歌ったり踊ったりできるって思ってた」

「……物事に、『ずっと』はあれへんのや」

絞り出すような夏神の言葉に、海里とロイドはハッとする。

突然の遭難事故で、将来を誓い合った恋人を永遠に失った夏神の気持ちを思うと、二人には掛ける言葉を見つけることができない。

事情を知らないレイナにも、夏神の心の痛みは少しなりとも伝わったらしい。彼女は涙に濡《ぬ》れた顔を上げ、夏神の厳《いか》めしい顔を見つめた。

「今は、わかってる。そやけど、夢が消えて、仕事も消えて、歌手としてもタレントとしても中途半端。彼氏もおらんし、大した貯金もあれへんし、どないもならん」

「……家族は？　しばらくの間だけでも、力になってくれる身内はいねえの？」

今度は海里の声に複雑な感情がこもる番だった。

芸能活動に反対する兄、一憲と大喧嘩《おおげんか》の末に家を飛び出し、東京で芸能活動を始めた海里だけに、挫折《ざせつ》して戻ってきたとき、兄との和解は容易なことではなかった。

　ずっと海里を陰ながら心配してくれていた母親と、闊達《かったつ》な兄の現在の妻、奈津《なつ》の助けがなければ、今も海里は一憲に心を開けないままでいただろう。

　今は、仲違《なかたが》いしていたときも自分を密《ひそ》かに応援してくれていた兄に深く感謝しているだけに、もしレイナが家族との間に問題を抱えているなら、そこは自分が力になりたいと思ったのである。

　しかし、レイナはあっさり否定の言葉を吐き出した。

「おらん。ひとりだけおるけど、もう、ウチのこともわからんようになってしもた」

「……認知症か。ってことは、お祖母《ばあ》さんかお祖父《じい》さん？」

「お祖母ちゃん。施設の人がようしてくれはるから、ウチは必要ないねん」

　そやから、とレイナはパーカーの袖《そで》でゴシゴシと頬の涙を拭《ぬぐ》い、いかにも無理矢理なぎこちない笑みを浮かべてみせた。

「なんや、もう、何もかもどうでもええ。熱が下がったら、ここで見たいもんだけ見て、やっぱ死のうと思う。ウチがおらんでも、誰も困らんもん。逆に、ウチが生き続けとったら、自分で自分を持て余して困るだけや」

　ロイドは、「何とか言ってやってくれ」と言いたげに、海里と夏神を見る。しかし、あまりにも明快に自分の存在を「困る」と宣言されてしまっては、さすがの二人にも、咄嗟《とっさ》にフォローする言葉は出てこない。

　そんなことはない、とただ言うだけでは、むしろ彼女の死にたい気持ちに追い風を吹かせてしまう恐れがあることを、彼らは重々承知しているからだ。

　かろうじて海里に言えたのは、こんな小さな質問だけだった。

「その、ここで見たいもんって何？　よかったら俺、一緒に見にいくよ？　昼間なら、時間とれるし」

　しかしレイナは、「ひとりで行く」とだけ素っ気なく言って、再び蓮華《れんげ》を取り上げた。

　そして、すっかり冷めた雑炊を口いっぱいに頬張り、「死にたいときにも、美味《おい》しいもんは美味しいなあ」と小さな声で呟《つぶや》いた。

四章　今夜、あの場所で

翌日の夜、夏神たちはいつもどおり店を開け、やってくる客たちに料理を振る舞いつつ、レイナがまたやってくるのを待っていた。

まだ風邪が治らず、またしても雑炊をねだりに来るか、自殺を思いとどまったと告げに来るか、あるいは……やはり死ぬことにしたから、トンカツを食べさせてくれと言いに来るか。

彼女の決断がどう転ぶかはわからないが、とにかく顔を見せてくれさえすれば、何か食べさせ、その間、彼女が望めば、昨日のように話を聞いてやることができる。

無論、カウンセラーでも精神科医でもない自分たちが、彼女の感情を激しく揺さぶるようなことを言ったり、無理矢理自殺を思いとどまらせようとしたりしては、逆効果になるかもしれないことは重々承知している。

それでも、作りたての食事と、他愛ない会話とで、彼女を少しでも死から引き離すことができるのではないか。

海里はそんな風に考えていた。

しかし、結局明け方の閉店時刻になっても、レイナが姿を見せることはついになかった。

ガックリ肩を落とし、心配する海里とは対照的に、夏神は「何ぞあったら来るやろ」とぶっきらぼうに言い、一応、彼女のために用意してあったトンカツ用の豚肉を冷凍庫にしまい込んだ。

海里とロイドは心配して、彼女が宿泊している「ホテル竹園」に問い合わせをかけてみようと言ったが、夏神はにべもなくその提案を却下した。

おそらく彼女は本名でチェックインしているだろう。

一方で、三人が知っているのは彼女の芸名、レイナだけである。

そんな名で問い合わせても、まともなホテルスタッフであればあるほど、取り合ってはくれないだろう。

もしスタッフが「オオサカ・オクトパス」を知っていて、彼女がその元メンバーであることに気付いていれば、なおさら彼女のプライバシーを守ろうとするはずだ、というのが夏神の言い分である。

あまりにも正論過ぎて、海里もロイドも返す言葉がない。

「自惚《うぬぼ》れかもしれんけど、俺は、俺の飯の力を信じようと思うてんねん」

黙り込んだ二人に向かってというより、むしろ自分自身に言い聞かせるような重々しい調子でそう言った夏神は、ロイドが洗い物を始めようとしているシンクを見た。

食器の山の頂上には、最後の客が綺麗《きれい》に平らげた、もとは生姜《しょうが》焼きと山盛りのキャベツ、それにポテトサラダが盛りつけられていた平皿がある。

夏神の生姜焼きは、日替わりメニューに上るたびに少しずつ変化していき、ここしばらくは、これでもかと入れた生姜の辛味を、細かいみじん切りにしたタマネギの甘さで和らげたタレが好評を博している。

「あの子、最初にここに来たとき、人生最後の夜にトンカツを食おうとしとったやろ。次の日は二日酔い、またそん次の日は風邪っぴきで、それでも雑炊を旨《うま》い旨い言うて食うたやろ」

客席の清掃を始めながら、海里は軽い疑惑の眼差《まなざ》しを夏神に向ける。

「ねえ、それって、ホントに死にたいと思ってる奴は、食い物のことなんか考えられないはずだってこと？　もしかして、あの子が自殺したいって言うのはフリで、本当はそんなつもりがない……とか、思ってる？　だから夏神さん、あんまりレイナさんのこと、心配してないの？」

「アホか」

夏神はやんわり、しかし毅然《きぜん》とした一言で、海里の疑念を吹き飛ばした。

「心配はしとるし、あの子の言葉を真に受けてへんわけやない」

「でも！」

「ええから聞け。人が、自分でそうしようて決めて命を手放すとき、動機やらタイミングやらは、それぞれ違って当たり前やろ。もう死ぬこと以外、何も考えられんようになる人もおれば、後に残す人のことまで考えて万事片付けてから、磐石《ばんじゃく》の態勢で死ぬ人もいてるはずや」

「じゃあ、レイナさんの『もう死にたい』って気持ち自体はマジで信じてるし、事態を軽く見てるわけじゃないって、思ってもいいの？」

海里はホッとして、それでもまだ探るような眼差しを夏神に注いだ。

「ええに決まっとる。世間には、簡単に『もう死にたいわ』て口走る奴もおるけど、あの子のそれは、何かが違う。昨日喋《しゃべ》ってくれたアイドルグループのゴタゴタだけやのうて、きっと俺らが知らん重たいもんを抱えとるんやろう。そう感じたんや。これといった理由はあれへんのやけどな」

「定食屋の勘！」

「そういうことにしとくわ。何しか、死にたいっちゅう気持ちと、旨いもん食いたいっちゅう気持ちが一緒にここに詰まっとっても、何の不思議もない。アメリカでは、死刑囚にも最後の晩餐《ばんさん》のリクエストをとるて言うやないか。みんな、ハンバーガーやらビフテキやら、好きなご馳《ち》走《そう》を平らげてから、命を取られるて」

夏神は太い指で、自分の頭をとんとんと叩《たた》く。それから彼は、真顔でこう言った。

「そやけどな。逆に、食えんようになったら、人は確実に死ぬんや。そうなってしもたら、俺らにできることは何もあれへん。けど、飯が食えとるあの子には、まだ望みがある。俺はそう信じとる」

「望みが……ある」

「おう。死にたい気持ちは変わらんでも、俺が作って、あの子が自分から腹ん中に迎え入れた食いもんは、きっとあの子の力になる。今のあの子は、それを死ぬための力やと考えとるかもしれんけど、どうにか生きるための力に変える方法が見つかるかもしれんやろ。急いで死なんと、せめて数日でも予定より長く生きたら、そのあいだに何かが変わるかもしれへんやろ。俺があの子のために願えるんは、その程度や」

　ずびび！

　すぐ近くから聞こえた音に驚いて、夏神はぱくんと口を閉じる。ほぼ同時に、海里は噴き出した。

「眼鏡のくせに誰よりも先に泣くよな、お前って」

　海里の言うとおり、夏神の言葉に感動したロイドが、子供のように大粒の涙を流している。さっきのは、彼がティッシュペーパーで盛大に洟《はな》をかんだ音だったのだ。

「眼鏡とて、嬉《うれ》しいとき、悲しいときには涙が溢《あふ》れるものでございますよ。むしろ眼鏡だからこそ！」

　新しいティッシュペーパーで今度はグシャグシャの頬を拭《ぬぐ》いながら、ロイドは涙声で言い返す。

「だからこその意味がわかんねえ。でも……うん、よかった。俺も嬉しい。夏神さんはレイナさんのこと、あんまり気にしてないんじゃないかって勝手に疑って、ゴメン」

「そら、謝ってもらわんとアカンな。まあ、俺が口下手なんも悪かったんかもしれん。そやけどな。あんまし来てほしい、来たらええのにて言わんかったんのは、俺なりの願掛けなんやで」

「へ？　願掛け？」

「何のおまじないだったのでございます？」

海里もロイドも、キョトンとして口々に問いを発する。

夏神は照れ臭そうに指で鼻の下を擦《こす》りながら、ボソボソと答えた。

「ようおみくじで、『待ち人来たらず』て言うやろ。会いとうて待っとるときほど、人っちゅうんは来んもんなんや」

「……そういうもん？」

「そういうもんや。期待しとらんときほど、ふらっとあっちから勝手に来よる」

「あっ、なるほど！　それが『願掛け』か。素っ気なく、あんま気にしてないふりをしとけば、来るかもしれない。来てほしい。そう願ってたってこと？」

「……いちいち解説すんなや。わかるやろ」

ほんのり目元を赤らめた夏神は、「風呂《ふろ》上がり用のアイスでも買《こ》うてくるわ」と、財布を掴《つか》んでカウンターを出て、海里たちが呼び止める間もなく店から出て行ってしまう。

「夏神さん、めちゃくちゃ照れてたな」

ふふっと笑う海里に、ロイドもまた目元をティッシュペーパーで押さえつつ、微笑んだ。

「夏神様は、お優しい方です。そして、他人の重荷を取り去ることの難しさも、軽々しくそうしようとすることの危うさも、よくわかっていらっしゃるのでしょう」

しみじみと呟《つぶや》くロイドを、海里は胡乱《うろん》げに見た。

「何だよ、お前にもわかってるみたいな口ぶりじゃん」

「この眼鏡にも、少しくらいはわかるのでございますよ」

愛用のゴム手袋を嵌《は》め、まずは小さく切った新聞紙で皿の油を擦り落とす作業を始めながら、ロイドはラクダを思わせる優しい目を寂しそうに伏せた。

「前の主《あるじ》の長い人生に寄り添い、喜びも悲しみも苦しみも、すべて傍らで見ておりました。喜びを分かち合うのは楽しく容易《たやす》いことでしたが、苦しみや悩みについては、主の話に、他の誰にも聞かせない慟哭《どうこく》に、耳を傾けることしかできませんでした」

「……眼鏡だからこそ」

さっきのロイドの台詞《せりふ》を引用する海里に、ロイドは口元をほころばせる。それは、彼が滅多に見せない、寂しげな笑顔だった。

「そう、眼鏡だからこそ、です。具体的に状況を打開するための行動など、いかに逸品といえども、所詮《しょせん》は眼鏡であるこの身には、何一つできないのですから。『お力になります』とどれほど言いたくても、言えませんでした」

「うう……」

「夏神様も、かつてお仲間を救えなかったつらい経験を経て、ご自分にできることを厳しく冷静に見つめ、把握していらっしゃるのでしょう。ですから、レイナ様に軽々しく助力を申し出ることがお出来にならないのだと……」

「何だよ、お前のほうが、俺なんかよりよっぽど夏神さんのこと、わかってんじゃん」

悔しそうな海里に、ロイドは一転して晴れやかな笑みを浮かべる。

「おやおや、お忘れですか？　わたしは、こう見えて齢《よわい》百年を超える眼鏡でございますよ？　僭越《せんえつ》ながら、海里様よりはずっとお兄様でございます」

「お兄様ってレベルじゃねえだろ！　お爺《じい》様だよ」

「それはいささか、この若々しい容貌《ようぼう》にそぐいませんかと」

とぼけた軽口を叩き、ロイドは膨れっ面の海里にこう言った。

「ですが、夏神様を真似る必要はございません。海里様は海里様のやり方で、レイナ様に寄り添って差し上げればよろしいかと。助けたい、力になりたいと思うお気持ちは、決して悪いものではございませんからね」

「それが、余計なお世話でも？」

「余計なお世話だ、と怒る気力が湧けば、生きていけるかもしれません。わたしが見る限り、レイナ様は、ご体調こそ優れませんが、ここに来るたび、目に力がお戻りになっている印象がございました。ご本人は、気付いていらっしゃらないかもしれませんが」

「それって、夏神さんの飯が効いてるってことか」

「それだけではなく。あのお方が抱えておられる問題の当事者、関係者ではない我々と話をすることで、ほんの少しでもお楽になっているのではないでしょうかね」

ロイドと話すことで、ずいぶん気持ちの整理がついたのだろう。海里はさっきまでよりはスッキリした顔つきで、それでもどこか心配そうに腕組みした。

「だったらいいんだけどな。俺、ここに来てからも、考えなしのお節介で色んな人を傷つけちゃったから、少しは慎重にならなきゃって思っててさ」

「おや、学習していらっしゃる。それは素晴らしいことです」

「上から褒めんな！」

「実際に年上でございますゆえ、そこはご寛恕《かんじょ》いただきませんと」

すぐ悩む海里の気質をよく知っているロイドは、主の沈みがちな心を軽やかに持ち上げ、さりげなく支えようとする。

そんな心優しく頼もしい眼鏡に感謝しつつ、海里もお返しに、「かしこまりました、お爺様」と厳かに応じ、カーテンコールの舞台役者よろしく、大仰なお辞儀をしてみせたのだった。

＊　　　＊

翌日の夜、午後八時過ぎ。

「今日は来るかな、レイナさん。来るといいな」

小鉢に盛り付けたキュウリとワカメ、ちりめんじゃこの酢の物の上に、細い盛り付け箸《ばし》を使い、ミョウガの千切りを趣よく盛り付けながら、海里は思わず呟いた。

「もう、金曜日でございますからねえ。土日はお休みなので、来てくださっても店は開けておりませんし」

流れ作業よろしく、海里が盛り付けを終えた小鉢をトレイに移しながら、ロイドも心配そうな小声で言葉を返す。

「そうなんだよなあ。かといって、週末ずっと、店の外に座って待ってるわけにもいかねえし」

「そんなことをなさっては、海里様が先に参ってしまいになりますよ」

「違いない。俺は熱中症で倒れそうだし、お前は暑さで変形しそうだよな。はあ、とっとと顔見せてくれよ。ずっと心配してるこっちはこっちでしんどいんだぞ」

思わずそんな愚痴をこぼす海里を、夏神は「ええから、今は仕事に専念せえ」と窘《たしな》めようとした。

だが、彼が言葉を発する寸前、壁に取り付けた固定電話が元気よく鳴った。

電話番号こそ夏神が開店時に取得したものだが、電話機自体は前の住人が昭和の時代から愛用してきたという恐ろしい年代物だ。着信音も、迫力がひと味違う。

「俺が出る」

小言の代わりにそう言って、夏神は素速く受話器を取った。

「お電話おおきにありがとうございます、『ばんめし屋』です」

お決まりの文句が、スルッと口をついて出る。

席の予約などを受けるようなかしこまった店ではないが、ときおり客から、「今空いてる？」や、「今日の日替わり、何？」といった問い合わせが来ることがある。今回も、てっきりそれだろうと夏神は思っていた。

しかし、受話器の向こうから聞こえてきたのは、耳慣れた声だった。

『やあ、マスター、こんばんは。淡海です』

声の主は、そろそろこの店の常連客「だった」と過去形にしなくてはならないかもしれない、小説家の淡海五朗である。

小説がドラマ化、映画化されて一躍人気作家となった彼は、今は本来の執筆活動に加え、講演会やメディアへの露出が増えて、主な生活の場を東京に移してしまった。

それでもときおり芦屋の自宅に戻ったときには、律儀に「ばんめし屋」に顔を出してくれる。夏神にとっては、今も大切な馴染《なじ》み客のひとりに変わりはない。

それだけに、しばらくぶりに声を聞けて、夏神の声音も微妙に明るいものになった。

「先生、お久しぶりです。どないしはりました？ 今、こっちですか？」

夏神が「先生」といえば、それは淡海のことだと海里もロイドも知っている。二人とも仕事の手は止めず、夏神をチラチラと見た。

「はい……ああ、はい。簡単なもんでよければ。ええ、そういうことやったら、なるたけ急ぎますわ。いえいえ、喜んでやらしてもらいます。はい、ああ、わかりました。いつものように、はい……はい？　はあ……ああ、なるほど。いや、ええですよ」

淡海の声は決して大きくないので、受話器から漏れ聞こえてはこないが、夏神の受け答えを聞いていれば、だいたいの会話内容は想像がつく。

夏神が受話器を戻すなり、海里は小さな声で問いかけた。

「もしかして、淡海先生に出前？　俺の出番？」

夏神は、苦笑いで頷《うなず》く。

「おう。急遽《きゅうきょ》お客さんがあって、酒の肴《さかな》に、軽い惣菜《そうざい》の盛り合わせがほしいて言うてはんねん」

基本的に、テイクアウトや出前には対応しないことにしている夏神ではあるが、淡海の頼みとあれば別だ。

執筆中で店に来られない彼のために、海里はこれまで何度も、その日の定食や、夜食のおにぎりを自宅まで配達したことがある。

「おつまみセットかぁ。とりあえず、小鉢かな」

「そやな。あと、牛肉の切り落としが冷凍庫にちょっとあったやろ。あれで何ぞ作って、あとは高野豆腐でもパパッと炊いたらええん違《ちゃ》うか？」

「え、それってもしかして、俺がやってもいいってこと？」

パッと顔を輝かせる海里に、夏神は笑って頷いた。

「俺は、お客さんの飯を作らんなんからな。お前に任せるわ。先生のお客さんに出しても恥ずかしゅうないように、小綺麗《こぎれい》に作ってくれや」

「ラジャー！　俺の美的センス、信じてよ。ロイド、冷凍庫から、牛肉切り落とし出して。あと、昨日作ったプチトマトのおひたしも残ってたろ。あれも」

「はいはい、かしこまりました。ですが、しばしお待ちを。このロイド、お客様がたに小鉢をお出し次第、謹んで助手を務めますよ」

ロイドもまた、元気いっぱいにトレイを持ち、客席へと向かう。

「張り切りすぎて、あんまし豪華盛り合わせにならんようにな。お客さんはどうか知らんけど、淡海先生は小食やし、そない法外なお代を頂戴《ちょうだい》するわけにいかんのやから」

いかにも経営者らしい釘《くぎ》の刺し方を一応はしたものの、夏神はいつも以上に生き生きと動き始めた海里に目を細め、自分の仕事……本日の日替わり定食のメイン料理、焼きシュウマイを作りにかかった……。

かつて阪神淡路《はんしんあわじ》大震災で甚大な被害を受け、町並みが大幅に再建された海側のエリアと違い、山の手には、まだ昔ながらの芦屋らしい住宅が残っているところが多い。

淡海の自宅がある辺りもそんな一角で、大きな通りから一本入ると、ぐねぐねと曲がった狭い車道の両側に、一軒家や昭和の趣を残す低層マンションが建ち並んでいる。淡海の自宅は、地元の初詣《はつもうで》スポットである芦屋神社の、通りを挟んですぐ南側にある、広い庭つきの、いわゆる大邸宅だ。

その門扉にスクーターを横付けしてエンジンを止め、海里はホッとした気持ちでヘルメットを脱いだ。

夜になると人通りが途絶え、水を打ったように静まり返る界隈《かいわい》なので、スクーターの走行音すら何となく気がとがめるのだ。

「相変わらず暗いなあ……」

淡海邸の門扉には小さな照明が取り付けられているのだが、電球が切れて長らくそのままになっている。しかも、タイルの隙間からぼうぼうと雑草が生えていて、足元がどうにもおぼつかない。

海里はスマートフォンを取りだし、懐中電灯機能で足元を照らしつつ、インターホンに近づいてボタンを押してみた。

ピーン……ポーン……。

不安になるほど間延びした呼び出し音が二度繰り返され、ようやく淡海の声がスピーカーから聞こえる。

『やあ、五十嵐君？』

「はい、ご注文の品を配達に参りました」

仕事なので、礼儀正しくそう言った海里に、淡海は済まなそうな声音で言った。

『ご苦労様。悪いんだけど、裏口に回ってくれるかな』

「あ、はい。わかりました」

これまで、淡海は必ず自分で玄関から出て来て門扉を開けてくれていたので、いささか不思議に思いつつも、海里は慎重に荷物を持ち、芦屋神社側にある裏口へと向かった。

「やあ、悪かったね。どうぞどうぞ、入って」

淡海は裏口の古ぼけた木戸を開け、にこやかに海里を迎え入れてくれた。

門扉から邸宅の玄関までは驚くほどの距離があるが、裏口の扉の先には、すぐ邸宅の勝手口があった。

中に入ると、そこは広いキッチンになっている。

「いやあ、東京から戻ったら、この数ヶ月のうちに、雑草が驚くほど茂ってしまってね」

明るいキッチンで、淡海は真っ先に弁解する。海里は、さっき見たばかりの門扉前の光景を思い出し、「ああ」と納得の声を上げた。

「誰もいないと、家は荒れるっていいますもんね」

「そうなんだよ。驚いた。僕が常に住んでいたときは、そこまでじゃなかったのにね。この家は、確実に廃墟《はいきょ》への道を辿《たど》りつつあるよ。もっと頻繁に帰って来るか、常駐してくれる管理人を置くかすべきだね。今回はさすがに焦った」

長身の痩躯《そうく》を品のいいポロシャツとストレートジーンズに包んだ淡海は、相変わらずもじゃもじゃした髪を片手で掻《か》き回しながら、苦笑いした。

「とりあえず、慌てて造園業者を手配したんだけど、来週まで来られないそうだ。それまでは、廃墟の住人ってわけ。おかげで、お客さんにもここから入ってもらうっていう失礼を働いてしまった」

「仕方ないっすよ。先生、東京でお忙しいでしょ」

「そうなんだ。でも、夏場は出歩かず、家に籠《こ》もって小説を書く絶好のチャンスだろう。何しろ暑いからね。だから、東京の喧騒《けんそう》から逃げ戻ったってわけ」

「確かに、最近は夜でも暑いですよね」

「まったくね。そんな暑い中、出前に来てもらって申し訳ない。さあ、どうぞ。台所で立ち話もないもんでしょ。スクーターで来てくれたんだろうから、残念ながらアルコールは駄目だけど、何か冷たいものでも飲むといいよ」

　淡海の言葉に驚いて、海里は「いやいや」と上擦った声で言いつつ、提げていた保冷バッグを持ち上げた。

「お客さんが来てるんでしょう？　俺は、ここで失礼します。これ、ご注文のおつまみセットです。おつまみっていうか、ちょっとしたお惣菜ばっかですけど」

　だが淡海はバッグを受け取ろうとせず、片腕を大きく動かして、家の奥のほうへと海里を重ねて誘った。

「君が作ってくれたんでしょう？　だったら、君の目の前で食べて、感想を言わせてもらわなくては」

「いや、それはまた別の機会で大丈夫っす」

「そう言わずに。今夜の客人には、君を是非とも引き合わせたいんだ」

「……ええー」

「ちょっとだけでいいよ。店の仕事が気になるんだろうけど、マスターに許可は貰《もら》ってる」

「えっ？」

「さっきの電話で。出前がてら、君のことをちょっと借りたいって。快諾してもらえたよ」

「マジっすか」

海里は驚きつつ、さっき、淡海からの電話を受けていた夏神の顔と声を思い出していた。

（そういや、途中で何か驚いた顔してたな。あれ、そういうことか）

「いったい、何を企《たくら》んでるんです？」

警戒心を隠そうともせず訊《たず》ねる海里に、淡海は細い目を糸のようにして、チェシャ猫さながらの笑みを浮かべ、「まあ、それはおいおい」と言った。

「企んでることは否定しないんですか！」

「否定できないよぉ。さ、とにかくこちらへどうぞ。君は時間を無駄にしたくないだろうし、僕は大事な客人をひとりにしたくない」

「……了解っす。ほんじゃ、配膳《はいぜん》まで俺がやらせてもらいます」

「よろしくお願いするよ。でもまずは、ずずいと奥へどうぞ」

「うう、なんか嫌な予感がするけど、お邪魔しまーす」

海里は渋々、そして大いに怪しみながら、バッグを手に淡海の後についていった。

案内されたのは、キッチンを抜けた先にある、驚くほど広いリビングルームである。

前回通されたときと、家具の配置が若干変わっているような気がするし、大きな掃き出し窓の向こうにあるはずの庭は真っ暗で見えないが、それでも開放的な雰囲気は相変わらずだ。

「一度、ドラマの撮影に貸したら、勝手に家具の位置を変えられてしまってね。でもまあ、これはこれで悪くないからそのままにしているんだ」

そんな淡海の説明は、海里の耳にはろくに入らなかった。

何故なら、海里の全神経は、白くて大きな革張りのソファーに、いや、そこにちょこんと座っている人物に集中していたからだ。

「……なんでここに⁉」

海里の口から、挨拶《あいさつ》より先に驚きの声が上がる。

「あら、見たことがない表情。ドッキリ成功かしら」

悪戯《いたずら》っぽく笑って手を振っているのは、海里が嫌と言うほどよく知る人物、朗読の師匠である倉持悠子であった。

「なんで……マスターと淡海先生が知り合いなのは知ってましたけど、倉持さんも？」

「ええ、そうよ。先生のお作をずっと朗読させていただいているんだもの。東京での先生の講演会に呼んでいただいて、作品を朗読させていただいたりもしてるの」

「うはあ……まあ、そりゃ当然か。先生が特別に書き下ろした作品だって、『シェ・ストラトス』で朗読してるんですもんね」

「そういうこと。というわけで、あらためて、こんばんは、五十嵐君」

「こ……こんばんは。いや、でも、あの、さすがにこれは」

戸惑う海里の背中を軽くソファーのほうへ押しやり、淡海は人の悪い笑みを浮かべた。

「五十嵐君は、魅力的な女性がたったひとりで、中年の独身男の家を、しかも夜に訪ねる危険性を訴えたいのかな？」

「いや、ちが……違わないですけど、その」

狼狽《うろた》えつつも肯定する海里に、悠子はクスクス笑った。

「心配しないで。ここには主人とふたりでお邪魔したの」

「え、マジっすか。なんだ。でも、ご主人は……」

悠子と淡海は、同時に上を指さす。海里も思わず、高い天井を見上げた。

「……いないっすよ？」

動揺した海里の間抜けな反応に、悠子は珍しく笑い声を立てた。

「私の夫はスパイダーマンじゃないわ。彼がいるのは、二階。このお宅の書庫にこもったきり、出てきやしないの。だから、その間に、私は自分の用事を済ませることにしたってわけ」

「は……はあ。書庫、ですか？」

「ええ。こちらのお宅には、立派な書庫つきの書斎があるのよ。このお宅の前の主《あるじ》だった、淡海先生の伯父《おじ》様が使っていらしたお部屋なんですって」

「へえ」

「重厚すぎて、僕には合わない部屋なんだけどね。書庫の空き場所は、僕も活用させてもらってるんだ。さ、早速だけどセッティングを頼んでもいいかな？」

いったん姿を消していた淡海は、色々なサイズの食器を重ねて、カトラリーと共に運んできた。

「あ、は、はい」

海里は勧められるままに悠子の隣に腰を下ろし、持ってきた料理をできるだけ綺麗《きれい》に盛り付けていく。

「あら、美味《おい》しそう。実は、五十嵐君の作った料理が食べてみたいって、淡海先生にリクエストさせていただいたのよ」

悠子は楽しげに海里の手元を見守りながら、そんなことを言う。海里は冷や汗を掻く思いで、師匠の晴れやかな笑顔を見た。

「ちょ……もう、サプライズが過ぎますよ。一生懸命作りましたけど、大急ぎだったんで自信はないですよ？」

「大丈夫。私よりは絶対上手だから」

そんな慰めにもならないフォローをしながら、悠子は人数分の小皿と箸《はし》を低いテーブルの上にセッティングする。

「四人分セットしたけど、主人はきっと当分降りてこないわね」

「でしょうね。何なら、朝までいてくださって結構ですよ」

またどこかへ行っていた淡海は、今度はグラスを持って戻ってきた。そして、悠子と海里の向かいのソファーに腰を下ろす。

「はい、ソフトドリンクはウーロン茶しかなかったけど、いいかな」

「大丈夫っす。ありがとうございます」

外の暑さで掻いた汗の上から冷や汗を重ねつつ、海里はどうにか盛り付けを終え、三人はそれぞれのグラスを合わせて乾杯した。

淡海と悠子は、ワインのボトルを開けている。海里はワインの銘柄などよくわからないが、人々が足でぶどうを踏んでいるところをシンプルに描いたラベルが、いかにもお洒落《しゃれ》である。

「白ワインですか？」

「ううん、オレンジワイン」

「オレンジワイン？　白と赤以外に、オレンジとかもあるんだ……」

海里は興味津々でボトルを眺めた。確かに、白ワインよりは中の液体が黄色みを帯びている。

「スクーターじゃなきゃ、味見を勧めるんだけどね。今度、お店に手土産で持って行くよ」

淡海はそう言って、書庫があるらしき二階のほうを見た。

「悠子さんのご主人、ワインが好きなのにねえ。今はワインより本に夢中なわけだ」

海里は不思議に思って訊ねてみた。

「書庫に、そんな面白い本があるんですか？　マンガ……とかじゃないですよね」

「僕のお気に入りのマンガはあるけどね。悠子さんのご主人が夢中なのは、伯父が遺《のこ》した本だよ。伯父は、稀《き》覯書《こうしょ》のコレクターでね。特に、十八世紀から二十世紀初頭にかけての、作庭や農業についての私家本をたくさん集めていたんだ」

「ああ、なるほど！」

そこでようやく海里は膝《ひざ》を打った。

悠子の夫、繁春《しげはる》は作庭家である。専門家にとっては、淡海の伯父の遺した本は、さぞ垂涎《すいぜん》のコレクションであることだろう。

「それで、書庫にこもりっきり……」

淡海はさっそく料理を小皿に取り分けながら頷《うなず》いた。

「僕が留守がちで、管理の行き届かない家だろう？　風を通さないから、せっかくの稀覯書もどんどん傷んでいくだろうと思ってね。勿体《もったい》ないから、欲しい本を全部持ち帰ってくださいってお願いしたんだ。で、ついでに悠子さんにも来てもらって、僕たちが密《ひそ》かに温めていた計画を、君に打診してみようと、そういうことになったわけだよ」

　それはいったいどういう計画かと海里が訊ねる暇《いとま》を与えず、淡海は、「でも、まずは五十嵐君の料理をいただくとしよう」と、小皿の料理を口に運んだ。

「そうね。私もいただきます」

　悠子も、「迷い箸をしてしまいそう」と言いながら、テーブルの上の料理をすべて少しずつ、皿に盛りつける。

　計画は気になるわ、料理の感想は気になるわで、海里は目の前に置かれた飲み物に手をつける余裕もなく、全身に力を入れ、背筋をピンと伸ばして固まっている。

　悠子はまず、牛肉のしぐれ煮を頬張り、夜でも綺麗にメイクした目を軽く瞠《みは》った。

「生姜《しょうが》が利いていて、とっても美味しい。軟らかく炊いてあるわね」

「それは、肉がいいからですよ。俺はサッと煮ただけ」

「でも、とっても美味しいわ。こんな時間だから食べられないけれど、白いごはんが欲しくなる。これは……ほうれん草と、何？」

「人参《にんじん》入りの切り干し大根を圧力鍋《あつりょくなべ》でさっと甘辛く煮た奴を、茹《ゆ》でたほうれん草と焼いて細切りにした椎茸《しいたけ》に合わせた、まあおひたしみたいなもんです」

「さりげなく凝ってるのね。わあ、美味しい。和食なのに、ワインにも合うわ」

「本当だね。こっちの高野豆腐とスナップエンドウの卵とじも美味しい。酢の物も口の中をリフレッシュしてくれるね。これをみんな、五十嵐君が？」

「今日の小鉢で出してた料理もありますけど、おおむね俺が」

「凄《すご》いわ。朗読より向いてる……なんて意地悪は言わないから安心してほしいけど、とっても美味しい。あなた、料理人としても才能があるのね」

淡海と悠子、二人ともからストレートな賛辞をもらい、海里はようやくガチガチに強《こわ》張《ば》っていた肩から力を抜いた。思わず、大きな溜《た》め息が漏れてしまう。

「はあ……よかった。一生懸命作ったんですけど、とにかく大急ぎだったから自信がなくて。ホッとしました。夏神さんの顔に泥を塗らずにすんだ」

ようやく笑顔になってウーロン茶をカラカラの喉《のど》に流し込んだ海里は、ふともう一つの話題のことを思い出し、すっかり酒盛りに夢中の淡海と悠子の会話に割って入った。

「それより、俺がここに呼ばれた理由は何なんです？　その、さっき言ってた、密かに温めてた計画とかいうのは、いったい？」

「ああ、それなんだけどね。……あなたから？」

淡海に促され、悠子は箸を置いて、軽く身体ごと海里のほうに向いた。

「出会って以来、あなたはずっと熱心に朗読のお稽古《けいこ》に励んでくれたわ。私の朗読を聞くことにも、『シェ・ストラトス』でマスターや私の手伝いをしてくれることにも、私の家でのレッスンにも、いつも真剣だった」

「そ、それは、どうも」

悠子にこんなに褒められたのは初めてで、海里はドギマギしてしまう。

「本当のことよ」

そう言って、ワインでほんのり細面を上気させた悠子は、こう続けた。

「レッスンで、なかなか朗読をさせずに身体づくりと発声練習に明け暮れた日々にも、あなたは文句ひとつ言わず従ってくれた。……あなたの真面目さは、痛いほど理解したわ。だから、淡海先生に先月、無理を言ってお願いしたの」

「何をですか？」

次は淡海が話を引き取る番である。

「僕にできるのは小説を書くことだけだよ。君には年末、僕の小説の映画化のことで、とても迷惑をかけたからね。その罪滅ぼし第二弾として、君たちのために、短編を書き下ろす約束をしたんだ」

信じられないというように、海里はどうにか声を絞り出す。

「あの、君……たち、ってのは、つまり？」

「私とあなたよ、当たり前でしょう？」

悠子はサラリとそう言った。海里は半ば魂が抜けたような顔で、悠子を凝視する。

「それ、倉持さん、つまり、その、もしかして？」

「ええ。試験的にではあるけれど、一度、私と一緒に『シェ・ストラトス』のステージに立って貰《もら》おうと思うの。砂山さんには、了承を取ってあるわ。あとはあなた次第」

「ステージに？　でも俺、この前からやっとレッスンで朗読を始めたばかりだし」

いきなりの申し出に困惑する海里に、悠子はいつもの歯切れのいい口調で言った。

「声を出すための身体は十分に整ったし、基礎的なテクニックは、もう身についたはずよ。あとは、場数を踏みながら成長していけばいい。まずは、私のパートナーとしての第一歩を、淡海先生が私たちのために書き下ろしてくださった小説で踏み出してほしい」

「それが、君の師匠としての悠子さんのワガママ。そして、僕にとっては、君に償う新たな、かつ格好のチャンスだったというわけだ。どうだい？　やってくれるかな？」

願ってもない話を、「引き受けるかどうかはお前次第だ」と信じられないような下駄《げた》の預け方をされて、海里は再び激しく動揺しつつ、どうにか顎《あご》を上下させることに成功した。

「やるんだね？」

「すみません、めちゃくちゃビビっちゃって声が上手《うま》く出なくて。その、やりたいです。やります。めっちゃ怖いですけど」

ついさっきウーロン茶を流し込んだはずの喉が、痛みも感じるほど干上がっている。

掠《かす》れ声でどうにかこうにか海里が返事をすると、淡海はすっくと立ち上がり、リビングルームから出て行った。

ほどなく戻ってきた彼の手には、今度は飲食物ではなく、丸めた紙束が握られている。

「では、これを君に進呈しよう」

そう言って差し出された紙束は、ご丁寧に赤いリボンで結んであった。

海里は弾《はじ》かれたように立ち上がり、授賞式よろしく恭しく両手でそれを受け取る。

「これ、もしかして、先生の書き下ろし小説……ですか？」

「そうだよ。二人の掛け合いが主体だから、小説というよりは戯曲だけどね。悠子さんにはもう読んでもらって、オッケーを頂戴《ちょうだい》した。君はどうだろうな。朗読してみたいと思ってもらえたらいいんだけど、まずは厳しく率直にご高評を賜りたいところだ」

淡海の勿体ぶった言いようをからかう余裕もなく、海里は震える手で苦労しつつリボンを解《ほど》いてみた。

現れたのは、プリンターで打ち出した原稿である。

表紙には、「花束をめぐる諍《いさか》い」というタイトルが真ん中に大きめのフォントで記されていた。その下には、「淡海五朗」と万年筆で直筆サインが入っている。

正真正銘、淡海の書き下ろしオリジナル小説だ。

「面白いタイトルっすね」

色々言いたいことはあるはずなのに、胸がいっぱいになってしまって、かろうじて口から出たのは、そんな月並みな一言だった。

だが、海里の気持ちは十分に理解できたのだろう。淡海は気を悪くすることもなく、むしろ嬉《うれ》しそうに相好を崩した。

「そう言ってもらえるとありがたいな。おっと、中身は帰ってからのお楽しみにしてほしい。そうそう、今回はサービスとして、万が一、君にとって耐えがたく読みづらいフレーズがあれば、僕が調整しよう」

「今回だけの特別サービスよ？　次からは、そんな甘やかしはないわ」

淡海の親切な申し出に、悠子が師匠らしい一言を添える。

海里はまだ信じられない思いで、まだ震えが止まらない手のひらで、タイトルの上を幾度も撫《な》でた。

「俺、ホントにあのステージに上がっていいんですか？　倉持さんと一緒に？　そんなの、何年も先のことかと思ってました」

悠子は真剣な面持ちで頷《うなず》く。

「女子に二言《にごん》はないわ。だけど、覚えておいて。あなたは、最高のプロが書き下ろしてくれた小説を、舞台の上で、プロとして朗読するのよ。お客様の前で」

「……手どころじゃなくて、全身が震えてきましたよ」

その言葉が決して誇張でない証拠に、努めて冷静に喋《しゃべ》ろうとしている海里の声まで、細かい震えを帯びてしまっている。

「そうでなくては。それが武者震いというものよ」

悠子は満足げに頷く。海里は、鳥肌が立った二の腕を、いやに冷たい手のひらでさすった。

「なんだか、ミュージカルの初舞台を思い出しますよ。みんなで手のひらに人って字を書いて、何度も呑《の》み込むおまじないをしました。全然効かなかったけど」

「まあ。きっと、それをまた試す羽目になるわね。効かないと思うけど」

　悠子は再び笑顔に戻り、海里の肩をポンと叩《たた》いた。

「さあ、帰って、原稿を読みなさい。そして覚悟が決まったら、私にレッスンの予約を入れてちょうだい。二人で、初めての読み合わせをしましょう」

「僕も、イベント当日には原作者としてご招待いただく予定だよ。楽しみだなあ」

「うわあ……は、はい！」

　淡海の前で、悠子と共にステージに立つ。

　しかも、再びプロの役者として。

　思いもよらない淡海と悠子からの「贈り物」に、海里はまだ夢を見ているような気持ちで、原稿をしっかりと抱き締める。

　指から始まった悠子いわくの武者震いは、いつの間にか海里の膝《ひざ》に到達していたらしい。

　そろそろ店に帰らねばと、一歩テーブルから離れようとした次の瞬間、海里はたちまちバランスを崩して転び、マンガのように見事なポーズで、ふかふかのラグの上に大の字に倒れ込んだ……。

「本当にもう大丈夫かい？　帰り道に事故ったりしたら元も子もないし、マスターに合わせる顔がなくなってしまう。もっと休んでいっていいんだよ？」

心配そうな淡海に、海里は照れ笑いして、「大丈夫です」と言った。

緊張のあまりひっくり返ったとき、尻《しり》を酷《ひど》く打ち付けてしまい、まだじんじんと痺《しび》れるような痛みがある。それでも、いつまでも店の仕事に穴を開けるわけにはいかない。

いくらロイドを手伝いに残してきたといっても、本体がセルロイドだけに、熱に弱い彼は、火を使う仕事はできないし、あまり熱いものも触れない。

一生懸命に働いてくれているだろうが、夏神の負担が大きいことは間違いない。

（それに……早くこのこと、夏神さんたちに打ち明けたい）

レイナのことで気を揉《も》んでいる夏神とロイドに、この大ニュースを話して、いっときだけでも共に明るい気持ちを分かち合いたい。

特にロイドは、どれほど喜んでくれることだろう。

淡海の原稿を見せたときの二人の表情を想像すると、さっきまでの武者震いと打って変わって、ワクワクが止まらない。

「配達してくれたお惣菜《そうざい》、ちゃんと今夜じゅうに三人で食べ尽くすからね。そのうち、悠子さんのご夫君も、ブックハンティングを終えて降りてくるだろうし。……くれぐれも気をつけて」

淡海はまだ心配そうに、それでもずっと自分の原稿を抱えたままの海里を笑顔で見送り、家へ戻っていった。

来たとき同様、裏口から外に出た海里は、思わずその場で胸いっぱいに夜気を吸い込んだ。

おそらく、一時間あまりも淡海の家にいただろう。湿度を含んだ風はまだ生暖かいが、立っているだけで汗が噴き出すというほどではなくなっている。

「ふう……」

淡海には大丈夫だと言ったが、まだ軽く頭がクラクラしている。

このままスクーターに乗ったら、本当に事故を起こしてしまいそうだ。

「ちょっとだけこの辺りを歩いて、もう少し頭を冷やして帰ろうかな」

海里はふと思いついて、原稿を抱えたまま道路を渡り、芦屋神社の向かいにある公園へ足を向けた。

道路より一段高い公園へ入るために、ほんの短い階段が設《しつら》えられている。その脇の茂みの前に立ち、海里は我知らず微笑んだ。

かつてこの茂みの中から、眼鏡の姿のロイドは、海里に助けを求めた。

（そうだ。懐かしいな。眼鏡が喋るなんてビックリしたけど、あのときと同じくらい、今夜は驚かされた。まさかこんなに早く、舞台に立たせてもらえるなんて）

階段に腰を下ろし、海里は暗がりの中でほうっと息を吐いた。

まだ、心のどこかで「信じられない」と狼狽《ろうばい》する自分がいる。

一方で、「まだ油断するな。実際に板に立つまでは、どうなるかわからないぞ」と警告する自分もいる。

そのとおりだ、と呟《つぶや》き、彼は舞い上がる自分自身の心をグッと引き締めようと努めた。

たとえ今は、自分を共に舞台に立たせようと思ってくれているとしても、稽古《けいこ》で悠子を失望させるような朗読をすれば、たちまちこんなチャンスは消え失せてしまうだろう。

「喜ぶのはまだ早い。俺は、やっとスタートラインに立てただけだ」

そう声に出してみると、ずっとフワフワしていた心が、ようやく地面に足を下ろした感じがした。

それでも、腕に抱えたままの淡海の原稿は、決して分厚くないのに、実際以上の質量を海里に感じさせている。

(「花束をめぐる諍い」か。どんな話なんだろう。俺は、どんな人物を演じるんだろう。倉持さんと……どんなバトルになるんだろうな)

帰って原稿を開くのが楽しみでもあり、怖くもある。

淡海は、「読みづらければ調整する」と言ってくれたが、海里にもなけなしのプライドがある。なんとしてもそんな情けないレスキュー要請は避けたいものだ。

(とにかく、そろそろ帰らなきゃ)

幸い、ひとりになって薄暗いところに座っていると、ようやく気持ちが落ちついてきた。今なら、安全運転で帰れそうだ。

（よし、戻るか）

階段から腰を浮かせようとした海里は、次の瞬間、ギョッとして動きを止めた。

ときおり自動車は通るものの、道は暗く、夜間は歩行者など滅多に見ない道である。

それなのに、海里の視界に、南側からこちらに向かって来る人影が見えたのだ。

しかも、暗くてハッキリと姿形は見えないが、数少ない外灯に照らし出されたその人物のシルエットは、ロングスカートの女性のようだ。

（こんな遅くに、女の人ひとりで帰り道か。物騒だな）

神聖な神社の前なので、誰も滅多なことはすまいというのは、常識人の考えに過ぎない。

（あ、待てよ。むしろこれ、俺が怪しいんじゃね？）

海里にやましいところが誓ってなくても、夜の公園に佇《たたず》む成人男性は、それだけで十分過ぎるほど警戒されうる存在だ。

（ヤバい。ここで変質者扱いされたら、それこそ舞台どころじゃなくなるよ。また、マスコミに面白おかしく書かれちまう。『女優暴行疑惑の五十嵐カイリ、今度は夜の公園で痴漢！』とか。いや、それどころじゃねえ、警察を呼ばれたらもっと大変なことになる。淡海先生にも、倉持さんにも、夏神さんにも……兄貴たちにも迷惑をかけちまう）

蒸し暑いはずなのに、背中に冷たい汗が流れる。

(どうしよう)

迷っている間にも、人影は坂を上って近づいて来る。

海里は咄嗟《とっさ》に再び階段に座り込んだ。

闇の中から飛び出すよりは、こうしてここで身体を小さくしているほうが、女性の目には留まらずにすむ可能性が高い。

どうにかやり過ごすことができれば、あとは素速くスクーターに乗り込み、この場を去ってしまえばいいだけのことだ。

(よし。ここであの人が通り過ぎるのを待とう。どうか、気付かずにいてくれますように)

海里は息をひそめ、オーラを消すアクションを想像しながら、ひたすら待った。

あまり大柄でなさそうなその女性は、ゆっくりした足取りで、少し蛇行しながら、緩やかな坂道を上ってくる。

(早く来てくれ。そして俺に気付かず通り過ぎてくれ)

海里はひたすらに祈った。

しかし、女性は思わぬ行動に出た。

海里の前を通り過ぎたと思いきや、彼女は突然、足を止めたのだ。

(気付かれた……!?)

海里は恐怖心で全身を硬直させ、息を止めたが、女性は海里のほうを見ようとはしなかった。おそらく、彼の存在には気付いていないのだろう。

彼女が見ていたのは、芦屋神社の石造りの門だったのだ。

(何だよ。早く行ってくれよ)

イライラしながら待っていた海里は、さらに驚かされ、あやうく声を上げそうになった。

女性はしばらく考えたあと、門柱にそっと抱きついたのである。

まるで愛《いと》おしい人を抱擁するような優しさで、女性は柱にしっかりと腕を回し、頬をギュッと押し当てる。

そのアクションのせいで首の角度が変わり、外灯の淡い光が女性の頭部を照らした。

その瞬間、海里は無意識に立ち上がり、「嘘だろ」とハッキリ声を上げていた。

その奇態な女性の髪は、ピンクとグリーンのグラデーションカラーに染められていたのである。

「レイナさん!?」

海里の声に驚いた様子で門柱から離れた女性……元「オオサカ・オクトパス」のレイナもまた、闇の中に立つ海里の姿を認めるなり、「嘘でしょ」と呟く。

二人は通りを挟んで向かい合い、お互い呆然《ぼうぜん》とその場に立ち尽くしていた……。

「あの……あのさ」

自動車の往来がないのをいいことに、海里がレイナのいるほうへと一歩、車道へ踏み出したそのとき。

「う……うあああああああああああん」

突然、絵に描いたような仁王立ちで夜空を仰いだレイナは、頑是ない幼児のような泣き声を上げた。

「ちょ、ちょっと落ちついて。今、けっこうな夜中だし、そんな大声出したらヤバ……うわっ」

咄嗟《とっさ》のことに、宥《なだ》めればいいのか窘《たしな》めればいいのかわからず混乱した海里は、大泣きしながら胸に飛び込んできたレイナにさらに狼狽《ろうばい》して、車道の端っこで尻餅《しりもち》をついてしまう。

「痛《い》ってぇぇ」

どうにかレイナを抱きかかえて庇《かば》ったせいで、海里自身の尾てい骨の痛みは、数秒、呼吸が止まるほどだ。

「背骨、後頭部まで電流が走った。あ、大丈夫？　ゴメン、咄嗟に触っちゃって」

　冤罪《えんざい》とはいえ、若い女性がらみのスキャンダル疑惑で芸能界を追われた海里である。その恐怖心から慌てて両腕を離したが、レイナはそれにむしろ抵抗するように、海里にしがみつき、Ｔシャツの胸元に顔を埋めた。

「見られたあああああああああ！」

「もしかして……今の奇怪な行動のこと？」

「いやだああああああ！　だから夜中に来たのに！　誰にも見られないように！」

　レイナは駄々っ子のように、海里のＴシャツに顔面を容赦なく押しつけ、さらに首を振る。いやいやをするたびに、おそらく海里の服には、彼女の化粧がベッタリとついていることだろう。

「わかった。わかったから落ちついて。せめて声だけでも抑えて」

　こんな騒ぎを続けていれば、早晩、周囲の住人が様子を見に出て来てしまうだろう。この状態を目撃され、警察など呼ばれてしまっては大惨事だ。

（最悪、仁木さんに助けてもらえると思うけど、迷惑かけたのがバレたら、兄ちゃんに殺されるからな）

　厳格な兄、一憲の怒り顔を思い出しただけで、海里の背中に嫌な汗が伝う。

「頼むよ。落ちついて、静かに、しずか～に」

　やむを得ず、背中をとんとんとあやすように軽く叩《たた》いてやっているうちに、ようやくレイナはパニックを脱したようだった。

　海里の胸元から離れた彼女の顔は、案の定、様々なメイクアップが混じり合い、涙に溶けて、あちこちが微妙な色合いに染まっている。

「見たん、忘れて」

　最初にレイナがまだ湿った声で言ったのは、それだった。海里は、ゆっくりとかぶりを振る。

「それは……だいぶ、無理ある」

「……そやんな」

　呻《うめ》きながら、レイナはのろのろと海里から離れた。海里も、打ち付けた尾てい骨のあたりを擦《さす》りながら立ち上がり、公園の階段を指さした。

「うちの店に来る？　って言いたいけど、予備のヘルメットがないから、スクーターには乗せられないんだ。落ち着くまで、ここで喋《しゃべ》ってく？　ただし、静かに」

　レイナが頷《うなず》いたので、二人はロイド発見の場のすぐ横、コンクリートの階段に並んで腰を下ろした。

　公園の中にはベンチもあるが、この階段は、石垣の陰になっていて人目につきにくい。落ちついて話すにはこちらのほうがいいと、海里は判断したのである。

　まずは夏神に電話して、帰りが遅くなる旨を伝えてから、海里はその間に落ち着きを取り戻した様子のレイナに相対した。

「で、あれは何？　俺の目が節穴じゃない限り、石柱に抱きついてたと思うんだけど」

「ウッ」

やはりすぐに答えるのは恥ずかしいのか、レイナは心臓の辺りに手を当てておどけてみせてから、ボソリと答えた。

「ママに会いたい気持ちを、無理矢理発散しとってん」

「……はい？」

事態がまったく理解できないどころか、ますます混乱が深まっただけの海里に、レイナはパーカーのポケットを探り、財布を取りだした。そこから折り畳んだ紙片を抜いて、海里に差し出す。

「見たかったんは、この場所。そんで、これが、ママ」

「……お母さん？」

海里は首を傾げつつ、紙片をそっと開いてみた。それは、雑誌のカラーページを切り取ったものだった。海里は、スマートフォンの懐中電灯機能で照らしながら、隅から隅までしげしげと眺めた。

「音楽雑誌？『ジュナ・カンザキ、静かなる凱旋《がいせん》！　伝統楽器で奏でるロックな音とは』って、何じゃそりゃ」

スマートフォンの光が照らしだしているのは、どう見ても琴、おそらく正確には小型の箏《そう》を抱えた、かなりアバンギャルドな服装の女性の姿である。

スラリとした長身を真っ赤なレザースーツに包み、驚くほど高いピンヒールを履き、長い黒髪を腰まで真《ま》っ直《す》ぐ垂らしている。振り袖《そで》を仕立て直したと思われる華やかな着物をバサリと羽織っているのも、いたずらにエキゾチックな雰囲気を醸し出している。

「めちゃくちゃ、外国の人がイメージする尖《とが》ったジャパニーズ美人だな。しかも、なんじゃこりゃ。お琴を縦に担いで弾くの、この人？　ギターみたいに？　いかついな！」

「そうらしいわ。力強いやろ。それが、ウチのママ」

「ハァ⁉」

海里は目を剝《む》いた。その口を、今度はレイナが手のひらで塞《ふさ》ぐ。

「しー！　静かにせえって言うたん、カイリ君やんか」

「あ、悪《わり》ぃ。けど、マジで？　めっちゃくちゃ格好いいな。化粧が濃すぎて元の顔がわかりにくいけど、美人に違いはねえもん。スタイルも抜群にいいし、ファッションセンスも一周回って新しい。レイナさんのお母さんってことは、それなりの歳だろ？」

するとレイナは、急に厳かな口調で言った。

「享年四十五」

咄嗟に言葉の意味が呑《の》み込めず、海里は呆然《ぼうぜん》とレイナの童顔を見つめる。

「きょう、ねん？」

「三ヶ月前、死にはったん。これ、その一年前くらいの記事」

「それ、は……」

レイナは小さな溜《た》め息をつき、母親について語り始めた。

「ママは、高校時代から親の反対を押し切ってバンド活動を始めて、インディーズでそこそこ売れて、そんで、誰と付き合ったんか知らんけど、二十歳でウチを産んだん。でも結婚はせんと、シングルマザーでおったみたい」

「……既にだいぶロックだな。ん？　ってことは、今、レイナさんは二十五？」

「そやよ？」

「うわ、童顔だけど、俺のことカイリ君とか呼ぶから、そこそこ歳いってんのかなって思ってた。むしろ、俺よりちょい年下じゃん」

若干の非難を込めて指摘され、レイナは膝《ひざ》を抱えて背中を丸め、えへへ、と照れ笑いした。

「ファンが推しを君付けで呼ぶんは、お約束《デフォ》やん。しゃーないって。ほな、ウチのことは、呼び捨てにしてもええよ？」

「一応、店のお客さんだから、そうはいかないよ。まあいいや、とにかく、お母さんの話。それから？」

話題を戻され、レイナの顔はたちまち曇った。

「インディーズバンドの頃、ママはお祖母《ばあ》ちゃんの着物を持ち出して滅茶苦茶《めちゃくちゃ》な着方して、その格好で子供の頃からずっと習っとったお琴をギターみたいに弾きまくるんが売りやったんやって。それを死ぬまでずーっとやってはったんやね」

海里は再び紙片を見下ろし、「なるほど」と頷いた。よく見れば、箏の胴に、本来はないはずのギターストラップが取り付けられている。

「琴を縦にしてギター使いは、なかなか新しいな。大変そうだ」

「大変やから、他にやる人おらんかって、オンリーワンになれたん違《ちゃ》う？　そやからこそ、ママはアメリカへ行ってしもたんよ」

「何がどうなって、アメリカ？」

当たり前の疑問を口にする海里に、レイナは唇を尖らせた。

「ことわっとくけど、ウチ、四歳でママと別れたから、正直、覚えてることはほとんどないねん。話は全部、ママにウチを押しつけられたお祖母ちゃんから聞いたことやよ」

「わかった。ただそれ、部外者の俺なんかが聞いていい話？」

するとレイナは、海里の顔を疑わしげな眼差《まなざ》しで見た。

「カイリ君、昔、雑誌のインタビュー記事で、『ちっちゃい頃にお父さんを亡くした』って言うてたやん？　それで、勝手に親近感持ってたとこあんねんけど……あれ、もしかして、嘘、とか？」

海里は慌てて両手を振った。

「いやいやいや！　そんな不謹慎な嘘つかねえって。マジだよ。三歳で父親を亡くしてるから、俺も、ほぼ何も記憶はないんだ。母親と兄貴から聞いたことだけ。一緒だよ」

すると、レイナはホッとしたように小さな肩を上下させた。

「よかったぁ。いや、何もようないけど、親近感が裏切られんかってよかった」

「それはともかく、お母さんは、どうしてアメリカに？」

「ちょうど来日中やった有名なアメリカのハードロックバンドのメンバーが、たまさか地元のライブハウスを覗《のぞ》いて、ママたちのバンドの演奏を聴いたんやって。で、ママに一緒にアメリカに来て、ツアー回ってくれへんかって誘ってきたらしいわ」

「よっぽど衝撃的だったんだな。で、そのオファーを受けたわけ？」

　レイナは肩を竦《すく》め、皮肉っぽい口調で言った。

「そう。当時のママはウチと同じくらいの歳やもん。そら、やりたいことがいっぱいあったはずやん？　渡米して、しかも長いツアーをあっちのバンドメンバーと一緒に回るのに、ウチがおったら邪魔やわな。そやし、ママは、当時ダンナが死んで寂しゅうなっとった自分の母親、つまりお祖母ちゃんにウチを預けていったん」

「なるほど。それで、お祖母さんに育てられた、か」

「お祖母ちゃん、最初はほんのいっときのことやと思うて、いやいや引き受けたらしいわ。そやけど、それから一度もママは帰ってこおへんかった。お祖母ちゃんいわく、あっちで結婚したんやって」

「結婚……。それでアメリカの永住権をゲットしたってわけか」

「たぶんね。その連絡以降、電話もメールも仕送りもなーんもなしやって。よっぽどアメリカの生活が楽しかったんやね」

「う……わあ」

子供時代のレイナの孤独は、想像に難くない。痛ましそうな表情で、海里は躊躇《ためら》いがちに訊《たず》ねた。

「レイナさんから会いに行こうとか、コンタクトをとろうとか、思わなかったの？」

「できへんかった」

さらっと言って、レイナは力なく首を振った。

「お祖母ちゃんの口癖は、ずーっと、『お母さんみたいになったらアカンで』やった。ママの子育てを間違えたから、ウチのことはちゃんと育てて、今度こそまともな大人にせんなん。そう思うてたんやろな」

「ああ、なるほど」

「そやからママのこと、なんも教えてくれへんかった。さっきまでの話も、高校生になって、問い詰めてやっとあんだけ教えて貰《もら》えてん。それでも、バンドの名前もママの芸名も、知らんままやったわ」

「芸名も⁉　そりゃ、探しようがなかったね」

「向こうからお前のことを捨てたんやから、お前も関わり合いにならんでええ。その一点張りやったんよ」

「そりゃ正論だけど、子供なんだから、母親のことを知りたいのは当然だろ！」

憤る海里をむしろ宥《なだ》めるような口調で、レイナは静かに言った。

「今になってみたら、お祖母ちゃんの気持ちもようわかる。二度も失敗したくはないもん。そやけど、ことあるごとにママの悪口言われるんは、つらかったなあ」

同情を言葉にするのはあまりに安易な気がして、海里は無言で俯《うつむ》く。

重苦しい空気を払うように、レイナは明るい口調で話を続けた。

「それやのに結局、ウチも地下アイドルになってしもて、お祖母ちゃん大激怒よ」

「想像できるわ。怒られただろ」

「怒られたどころか、蛙の子は蛙や、お前は恩を仇《あだ》で返す女の娘やって言われて、家を放り出されて、それっきり。お祖母ちゃんに再会したんは、一昨年《おととし》。警察から、『お宅のお祖母ちゃん、認知症が酷《ひど》うなって毎晩徘徊《はいかい》してはるよ』って連絡が入って駆けつけたら……もう、ウチのこと、全然わからんようになっとった」

「ああ……」

「お祖母ちゃん、ウチの顔見て、『純菜《じゅんな》の友達ですか』って訊ねてきてん。純菜って、ママの本名。ああ、ウチ、ママには似てへんねんなって、そのときにわかった。お祖母ちゃん、ママの写真は全部処分してしもてたから、ウチ、顔も知らんかったんよ」

海里は、話の息苦しさに耐えかねて、つい混ぜっ返してしまう。

「ヘビーな話を、スラスラ語るなあ」

「だってカイリ君は無関係やもん。もっと気軽に聞き流してくれてええよ」

「そう言われてもなあ。あっ、そこからどうやって、お母さんの音楽活動のことっていうか、消息を知ったの？」

　するとレイナは、沈んだ声音で、むしろ淡々と語った。

「お祖母ちゃん、認知症が進んでて、自宅で一人暮らしはもう限界やった。ウチもグループの活動があるし、いつも家にいられへん。そやし、お役所に相談して、施設に入れてもらうことになったんよ」

「うん」

「もう、家に戻ってくる可能性はないし、お金も作らんとあかんし、家の中のもんを片付け始めたとき、お祖母ちゃんの部屋の押し入れの奥の奥に……見つけてん」

「何を？」

「ビックリするくらいたくさんの、雑誌や新聞の切り抜き。お祖母ちゃん、英語なんかからっきしやったのに、アメリカの新聞やら雑誌まで取り寄せてたみたい。……切り抜きをスクラップブックにきっちりまとめて、十一冊も。全部、『ジュナ・カンザキ』の記事。……ジュナ・カンザキ……神崎純菜。それが、ママの名前」

　海里は、思わず嘆息した。

「純菜をあっちの人が発音すると、ジュナ、か。お祖母さん、怒りながらも、娘のことを気に掛けて、本当は応援してたんだな」

「応援してたんかどうかはわからへんけど、でも、きっちり切り取ってまとめて、赤鉛筆で囲んであるママの写真を見てたら、ぶわって涙出てきて。お祖母《ばあ》ちゃん、ウチに見せるつもりはなかったかもしれんけど、ママの足跡、残してくれてありがとう、教えてくれてありがとうって気持ちになった」

「じゃ、それでやっと、お母さんの今に繋《つな》がる情報を得たわけだ。会いに行った？　連絡とった？」

海里は急《せ》き込むように問いかけたが、レイナは無言で首を横に振った。

「なんでだよ！」

「なんでって……。怖いやんか！」

声をひそめていても、レイナの感情の波がグンと高くなったのがわかる。海里は軽くのけぞった。

「こ、怖い？　何が？」

「いっぺんも連絡してきたことのない人やで？　ウチのこと、もう覚えてへんかもしれへんやん。ママは結局、ずっとアメリカで音楽活動をしとったみたいやし、子供はいてへんみたいやけど、あっちで結婚したんやし、ウチのことはもう思い出したくもない存在かもしれへんやん」

「それは……」

「それを本人に直《チョク》で言われたりしたら、耐えられへんやろ。アメリカまで大金払ってわざわざ出掛けて行って、改めて捨てられ直したいと思う？　『誰？　知らんわそんな子』とか言われたい？」

「それは、ちょっとどころじゃなく厳しいな」

「そやろ。ウチはそこまでドM違《ちゃ》うねん」

海里が同意したので、レイナは満足げに頷《うなず》き、海里の手の中にある紙片を指さした。

「ママがこんなにかっこええミュージシャンやったって知れただけで満足やわ。ママはママ、ウチはウチで、地球のあっちとこっちで生きていこうって心の整理をつけたときに、それよ。よう見て」

「はい？」

再びスマートフォンの出す光で紙片を照らし、顔を近づけた海里は、「うわっ」と声を上げた。

「これ……この写真、そこ？」

海里が指さしたのは、目の前の芦屋神社である。

レイナの母親……ジュナ・カンザキがもたれかかってポーズを取っていたのは、まさかの芦屋神社の鳥居だったのだ。

「お母さん、ここに来たの？」

レイナは頷いた。

「さすがに国内にいるとなったら、話は別やんか。ネットとかで調べまくったら、ママ、ちょうどウチがお祖母ちゃんに再会した頃に、日本に帰ってきてたんよ。旦那《だんな》さんが病気で死にはったとかで」

海里は思わず腕組みして唸《うな》ってから、首を捻《ひね》った。

「けど、なんで芦屋？　レイナさんのお祖母さんの家は……」

「大阪。その雑誌のインタビューを読んだら、『村上春樹《むらかみはるき》のファンやから、彼が育った街に暮らしてみたかった』とか、ホンマか嘘かわからんけど渋いこと言うてたわ」

「へ、へえ……。つか、ここ、村上春樹の育った街なんだ？」

「知らんけど」

きっぱりその話題は打ち切り、レイナは話を本筋に戻した。

「日本に帰ってきて、心の痛みを癒《いや》しつつ、音楽活動をしていきたい……とかインタビューで言うてた」

「じゃ、それこそ近くじゃん。ハードル下がったろ。今度こそ、会いに行った？」

「行かれへんよ。会いたいと思うんやったら、それこそあっちから来るはずやん。お祖母ちゃんの家はまだ売れてへんのやし、来て、伝言を貼り紙で残すくらいの頭はあるやろ」

「そこはほら、長らく不義理をして近づきにくかったとか、あるんじゃないの？」

「百歩譲ってそうやとしても……わかるやろ！　ウチ、これやで？」

苛立《いらだ》った様子でまくし立て、レイナは両腕を広げてみせる。海里は慌てて両の手のひらを伏せるアクションをした。

「しーっ。ゴメン、これって？」

「あっちは音楽雑誌の記事になるようなアーティスト様で、こっちはしがないローカル地下アイドルや。格差がありすぎで、悔しくて恥ずかしくて会われへんやろ！」

「いや……そ、そう？　そう、かな？」

「せめて全国区になったら、勇気を出して会いに行こう、それで会《お》うてもらわれへんかったりバカにされたりしたら、それをネタにしてのし上がろう。そのくらいの覚悟を決めて、ウチ、東京へ行ったんよ。そしたら……グループが前言うたみたいなことで、解散っちゅうか、もうアレよ、空中爆発してしもて」

「ああ。タイミング最悪だな」

先日のレイナの話を思い出し、海里は思わずこめかみに手を当てる。

「そのあと、ソロで何しても上手《うま》くいかへんかって、諦《あきら》めたんよ。アイドルも芸能人もやめようって。そうと決めたら、開き直れるやん。けじめとしていっぺんだけママに会《お》うて、心をまっさらにして、それからこれからどうするか考えようと思うたんよ」

「それで今回、芦屋に……」

二人がさらに話を続けようとしたそのとき、「あれ？」と、男の声が聞こえた。二人はハッとして身体を硬くする。

しかし、海里はすぐに笑顔で立ち上がって手を振った。

「繁春さん！　こんばんは」

「おう、五十嵐君、どうもどうも」

快活に挨拶《あいさつ》を返してきたのは、倉持繁春。海里の朗読の師匠、倉持悠子の夫である。悠子の朗読レッスンは彼女の自宅で行われるので、彼女の夫の繁春とも、海里は面識がある。

海里とそれなりに歳の近い息子を亡くしたこともあり、悠子だけでなく、繁春も、海里のことを何くれとなく気に掛けてくれていた。

「さっきは書庫に籠《こ》もっていらっしゃるとかで、お会いできませんでした」

海里が立ち上がってそう言うと、繁春はとことこと道路を渡ってきて、二人の前に立った。

「そやねん。淡海先生の書庫は、魔窟《まくつ》やで。ええ本が多すぎて目移りして、バタンキューしそうになったんで、一休みして夜風にでも当たろうかと思うて出てきてん」

いつものおっとりした口調でそう言った繁春は、不思議そうに海里とレイナの顔を交互に見た。

「こちらのお嬢さんは？　五十嵐君、もうとうに帰ったて悠子さんに聞いたのに、こんなとこでデートかいな？」

「や、デートではないです。偶然会って、話を……こちら、レイナさん」

「どうも。こんばんは」

地下アイドル時代ならまだしも、鳴かず飛ばずの今、自分をアーティストと紹介するのは気が引けたのだろう。レイナは必要最小限の挨拶で切り抜けようとする。

しかし繁春は、顔をしかめて周囲を見回し、淡海の家を指した。

「若い女の子を、こんなところにいさしたらあかんで、五十嵐君。何ぞあったとき、君ひとりでは守りきれんやろ」

いかにも人の夫らしいその言葉に、海里は思わず素直に頷く。

「それは、はい」

「人んちやけど、入りぃな。淡海先生かて、五十嵐君の彼女やったら嫌がりはせんやろ。むしろ大歓迎のはずや」

「いや、彼女じゃないです。全然彼女ではないです」

海里はムキになって否定したが、繁春は取り合わない。

「ええから、入んなさい。帰るにしても、タクシーを呼んでもらわんと。さ、早《はよ》う」

小さいとはいえ会社を経営しているだけあって、普段は温厚な繁春も、こういうときは毅《き》然《ぜん》とした態度を見せる。

ここでいくら逆らっても無駄と悟り、海里はレイナを伴って、再び淡海邸へと戻ることとなった。

繁春が言ったとおり、淡海はレイナの登場に大喜びした。

それだけでなく、彼は意外にも、地下アイドル時代のレイナのことを知っていた。

「やあ、『オオサカ・オクトパス』、楽しいグループだったよね。僕、特にあの歌が大好きだよ。ほらあの、『グリコのポーズで告白してね』っていうやつ」

「……それは、俺が知らない歌っすね」

淡海が挙げたのはグループの持ち歌の中でもかなりのレア曲だったらしく、海里の隣で、レイナは鳩が豆鉄砲を食ったような顔をしている。

どうやら淡海の興味の範囲は、音楽においてもかなり広いようだ。

「そうだ、もしかしたら」

海里はふと思いついて、ジュナ・カンザキについて話題を振ってみた。

すると、淡海と同じくらい、悠子が食いついてきた。

「あら、私、ジュナ・カンザキ好きよ。正直、音楽についてはちょっとわからないところがあるけれど、あのファッションはとても素敵」

すると淡海は、フォローするように言った。

「僕は音楽もけっこう好きですよ。僕がたまにＤＪをやらせてもらうラジオ番組に、ゲストで出てもらった縁で、知り合いましてね」

「えっ？　マジですか？　ありがとうございます！」

何故、レイナにいきなり感謝されたのかわからないまま、淡海は頷いた。

「う、うん？　彼女、ここからちょっと海側へ下ったマンションに住んでたんだけど、家に防音室がないっていうんで、必要なときは、僕がここの地下室を貸してたんだよ」

「マジで⁉」

海里とレイナが、同時に叫ぶ。淡海は軽く引きつつも、「見る？」と訊《たず》ねた。

答えは聞くまでもない。

繁春は再び書庫に戻ってしまったが、淡海と悠子、それに海里とレイナは、淡海邸の地下へと階段を降りた。

真夏、しかもエアーコンディショナーが入っていないにもかかわらず、地下はひんやりと涼しい。僅《わず》かに埃《ほこり》の臭いが漂っているので、最近は使われていないようだ。

「はい、どうぞ」

扉を開けて一足先に入った淡海は、手探りで室内の照明をつけ、三人を招き入れた。

「うわあ、広っ！」

アイドル活動をしていただけあって、レイナは目の前に広がる空間に歓声を上げた。

そこは、十畳ほどの広い防音室になっていた。何故か、部屋の片隅には様々な工具が積まれているが、それ以外のほとんどの空間はガランとしていて、部屋の中央にはパイプ椅子が一つ、ぽつんと置かれている。

淡海はその椅子を指さした。

「ここは、前の住人だった伯父《おじ》が、趣味の大工仕事をしていた部屋なんだ。チェーンソーを心ゆくまで使いたくて、防音室にしたんだよね。ここでジュナさんは、気が済むまで持参した琴やらキーボードやらギターやらを弾いて、作曲なんかもしていたようだよ。たまに、僕も隅っこで演奏を聴かせてもらったもんだ。思えば、贅沢《ぜいたく》だよねえ」

レイナは、淡海の説明が終わるか終わらないかというタイミングで、椅子を指さした。

「あれ！　あの椅子に、ママは座ってたんですか？」

「えっ、うん……うん？　ママ？」

「あ、あの、実は」

海里は淡海のシャツの裾《すそ》を引き、彼と悠子にさっきの話を掻《か》い摘《つ》まんで語る。

淡海はうんうんと聞きつつ、複雑な面持ちで、早くもパイプ椅子に腰掛けたレイナを見た。

「じゃあ、あの子はジュナ・カンザキさんのお嬢さんなんだ。ずっと別れて暮らしていた母と娘が、揃ってミュージシャンか。ＤＮＡってのは、恐ろしいもんだねえ」

「顔はあんま似てないですけどね」

「確かに顔は似てないなあ。レイナさんはどっちかっていうとたぬき顔だけど、ジュナさんは純然たるキツネ顔だった」

さっき切り抜きで見た、純然たるキツネ顔という表現がピッタリのジュナ・カンザキの容貌《ようぼう》を思い出し、海里は思わず同意しかかった。

だが、そのときに口を開いたのは、それまで無言でいた悠子だった。

「もしかして、レイナさん。あなた、お母様には……」

すると、嬉《うれ》しそうにパイプ椅子に腰掛け、両足をブラブラさせていたレイナは、たちまち顔をこわばらせた。ゆっくり項垂《うなだ》れていく様を見れば、答えは一目瞭然《いちもくりょうぜん》だ。

悠子は沈んだ声で言った。

「お会いになれなかったのね。まさか、あんな風に急逝なさるなんて。まだお若かったのに」

（そうだ！　享年四十五って言ってた。三ヶ月前に亡くなったって）

海里はハッと我に返り、悠子に問いかけた。

「あの、急逝って、何があったんですか？」

「私は伝え聞いただけだから、淡海先生のほうがお詳しいのでは？」

「それは……まあ、世間よりは少しだけ詳しいかな。ゴホン、ええと、話しても？」

淡海はちょっと気まずそうに咳払《せきばら》いして、娘であるレイナの意向を窺《うかが》う。彼女が無言で小さく頷《うなず》いたので、彼は重々しく口を開いた。

「今年の春、彼女はちょっとした手術を受けることになったんだ。それは命にかかわるような悪い病気ではなくて、お腹にできた良性の腫瘍《しゅよう》を取るためだった」

「ママ、病気で死んだって聞いたけど、腫瘍って……」

レイナは青ざめた顔で呟《つぶや》く。淡海は、気の毒そうに彼女を見ながら静かな語り口で話を続けた。

「聞いた話では、腫瘍の摘出といっても、短い入院で済む程度のものだったそうだよ。なのに……不幸な麻酔の事故があったらしくてね。彼女は手術室から、生きて出てくることができなかったんだ」

海里は、思わずレイナを見た。

パイプ椅子に座ったままのレイナは、ツルツルのフローリングの床をスニーカーの踵《かかと》で蹴《け》りながら、誰の顔を見ることもなく口を開いた。

「さっきカイリ君に見せた記事に、『自宅近くの芦屋神社にて』って書いてあったから、芦屋に来たんよ。神社の近所の人に聞きまくったら、ママの家の場所わかるかなって期待して」

「……うん」

海里は、ただ短い相づちを打つ。

「めっちゃ怖かったけど、芦屋に来てみたら、すっごいワクワクもしてた。で、手始めにホテルのフロントで『ジュナ・カンザキ知ってます？　この辺に住んではるんですよね』って話を振ってみたら……『ああ、亡くなったそうですねえ』って言われてしもた。一歩どころか、半歩でゴールインやっちゅうねん」

レイナは冗談めかして言ったが、当然ながら誰も笑いはしない。逆に、息子を亡くした経験のある悠子は、想いのこもった言葉をレイナにかけた。

「お気の毒に。さぞ会いたかったでしょうね。きっと、ジュナさんのほうも」

「ママのほうはどうか知らん」

レイナは吐き捨てるように激しく言い返し、肺が空っぽになるほど深い息を吐いた。

「けど、ウチは会いたかった。いっぺんでええから、会いたかった。怖いけど、怖くてしゃーないけど、ウチ、あなたの娘です。あなたに捨てられても、ちゃんと育ちました。全然売れてへんけど音楽やってます、って言うだけ言いたかった」

「もし……もし、『自分には娘なんかいない』って言われても？」

探るような海里の質問にも、レイナは迷いなく答える。

「ウチ、もう大人やもん。ひとりで生きていける。『お前は母親に捨てられた子なんや』は、お祖母《ばあ》ちゃんに一万回くらい言われたから、だいぶ鍛えられてんねん。でも、もしウチに会えて喜んでくれたら、嬉しいやん。一ミリくらいは、それも期待してた」

「嬉しいの？　怒ったり、責めたりはしたくなかったの？　ご自分を捨てたお母様のこと、恨んでいないの？　憎んでいないの？」

嬉しいと聞いて、悠子は驚いて問いをいっぺんに並べてしまう。だがレイナは、一度だけ首を左右に振って、すべてをまとめて否定した。

「ママのしたことは無責任やけど、ウチはお祖母ちゃんに育ててもらえたから。確かに子供の頃は、ママのことずっと恨んどった。けど今、ウチを捨てたときのママと同年代になってみたら、身軽になりたかったママの気持ちも、ちょっとわかる」

「そこ、わかっちゃうのかい？」

さすがに驚きを露《あら》わにする淡海に、レイナは自分の顔を指さしてみせた。

「だってウチかて、お祖母ちゃんっていう育ての親を捨てて、地下アイドルになったわけなんで。追い出されたっちゅうんを言い訳にして、ウチも結局、お祖母ちゃんを捨てたんです。ママと同じや。そやから、ママに怒ってええのは、お祖母ちゃんだけです」

それを聞いて、悠子は微笑んだ。

「それに気づけたあなたは偉いわね。もしかしたらお祖母様、出て行けって言うことで、あなたの覚悟を試していたのかもしれないわよ」

「それはどうかわかりませんけど、ウチがお祖母ちゃんをガッカリさしてしもたんは事実やから、何やったらママと二人で施設に行って、お祖母ちゃんに頭下げまくらなアカン……とか思ってました。認知症の人って、昔のことはわりに覚えてるって言うから、ママのことは覚えてるかもしれへんし。それって、ちょっと楽しい空想やった。そやのに、ママ、知らん間に死んでしもてた」

レイナはゆっくりと立ち上がった。そして、さっきまで座っていたパイプ椅子を、いきなり荒々しく蹴飛ばした。

ガターンと大きな音が立ち、椅子は硬い床の上に倒れる。一同はいっせいに息を呑《の》んだ。

「何でもええから、ママの顔が見れて、声が、ママの気持ちが聞けさえすればよかってん！　お前のことなんか知らん、娘なんかおらんって言われたら、もうそこで縁切りや。スッキリする。謝ってくれんでもよかったんよ。ただ会えて、ウチをどう思ってんのかを知れたら、ウチはママのことを完全に思い出にできる。それって、ウチとママの初めての、たった一つの思い出になるはずやったんよ！」

それは、ついに会えなかった母親に対する、レイナの行き場のない憤りの発露だった。

「もう、ママがウチのことどう思ってたか、一生わからへん。死ぬ気で振り絞った勇気は何やったんって思ったら、もう、心がバキバキに折れてしもた。ママはとうとう、ウチに思い出の一つも恵んでくれへんかった。そこだけはホンマに、ホンマに許されへん」

それまで落ち着きを保っていたレイナの口から、血を吐くような言葉が、床に倒れた椅子に向けて叩《たた》きつけられる。その目尻《めじり》が下がり気味の人懐っこそうな目から、堰《せき》を切ったように涙が溢《あふ》れた。

「『オオサカ・オクトパス』の解散のことも、ソロ活のことも、お祖母ちゃんの認知症も……何もかんも、上手《うま》いこといかへんことばっかし。嫌なことやつらいことばっかし。ママまで知らん間に死んでる。呆然《ぼうぜん》として外にフラッと出たら土砂降り。ウチが何したっちゅうねんな！」

「……おやおや」

踏んだり蹴ったりとしか言いようのないその日のレイナの有様を想像したのか、淡海は情けない声を上げる。

「もう、何もかんも嫌になったんです。こんなに何もかも上手いこといけへん人生やったら、もうほかしてしまおうって」

「繋《つな》がった」

海里は、敢《あ》えて軽い調子でそう言い、ポンと手を打った。

「それで、グデグデに泥酔して、うちの店に来て、人生最後の夜にトンカツ食わせろって騒いだわけね」

「……ん」

その夜のことは、さすがに未《いま》だに恥ずかしいらしく、レイナは言葉にもならない短い声で肯定する。

「トンカツは……たぶん勢いで言うてしもたんやと思うけど」

ここしばらく、レイナとトンカツのことを考え続けていた海里は、拍子抜けして上擦った声を出してしまう。

「えっ？　トンカツ、好きじゃないの？」

「めっちゃ好き。好きやけど、それ以上に、トンカツってウチにとっては特別料理やねん。誕生日とか、テストでええ点とったときとかだけ作ってもらえたん。お祖母ちゃん、ウチを育てるためにずっと働いてくれとったから、衣をつけるような料理はめんどくさくて普段は嫌やったんやろね」

「なるほど、特別な日のご馳走《ちそう》ってわけか」

「そうそう。そやから、酔っ払って、人生最後に、推しの顔見ながらトンカツ食べて死のうって思ったんやと思う」

「推し？」

「死のう⁉」

海里が何か言い返す前に、まずは淡海、間髪を入れず悠子の声が、二人の会話に割って入る。

海里とレイナは、慌ててそれぞれ反応する。

「あ、推しってのは俺です」

海里が自分を指さすと、次はレイナがハッキリと、「あのときは死のうと思ってたんですけど、キャンセルしました！」と続けた。

「えっ⁉　キャンセルしたの⁉」

レイナの言葉に、淡海や悠子より先に激しく反応したのは、当然ながら海里である。

レイナは恥ずかしそうに椅子を元に戻しながら、「うん」と返事をした。

「ゴメン。明日《あした》、お店に行って伝えるつもりやってん」

海里はレイナに駆け寄り、そのちょっと赤面した笑顔を覗《のぞ》き込んだ。

「あの夜に、絶望しとったんは本当やよ。人生最後の夜にするつもりやったんも、かまってちゃんのフリやのうて、本気やったよ。そこは信じて？」

「それは、俺も夏神さんもロイドも疑ってないよ。夏神さん、レイナさんのトンカツ用の豚肉、使わずにすんでほんとにホッとした顔してた。そっか。俺もすげえホッとした。早く、夏神さんに教えてあげたいよ。だけど、なんで気が変わったの？」

「それはさあ、夏神さん、やったっけ？　あのマスターが作ってくれたごはん、それどころやないはずやのに、マジで美味《おい》しかったし、食べたらこう、お腹の底から力が湧いてきてん。それに……一昨日《おととい》、ウチ、凄《すご》い風邪引いてたやんか？」

海里はその日のレイナの酷《ひど》い有様を思い出して、顔をしかめる。

「そうそう。だから余計に心配してた」

「ゴメンな。あれから宿に戻ってずっと寝ててんけど、昨日は朝からあんまりしんどくて、我慢できへんかって、フロントに電話してん。そしたら、ホテルの人たちがホンマに親身に心配してくれはって、近くの病院を受診できるように手配もしてくれはって」

「そっか。ああ、それならよかった。そのおかげで、今日は元気そうなんだ」

「薬もろて、ガンガン寝たら、スッキリしたわ。今日の夕方、目が覚めたときすっごいお腹が空《す》いてたんよ。で、ホテルのすぐ近くにパン屋さんあるやんか？」

「ああ、ローゲンマイヤー？」

「やったっけ。あそこに飛び込んで、目についたパンを五つ買って、牛乳と一緒にむしゃむしゃ食べて、ほうって息を吐いたときに、あ、なんかウチ、もうちょっといけるん違《ちゃ》う？　って思ってん。今、急いで死なんでもええん違《ちゃ》う？　って。ごめんな、なんか上手に説明できへんかって。めっちゃええ加減なこと言うてるみたいやんな？」

「いや、わかる」

海里は力強く頷《うなず》いた。

「わかるよ。俺も、芸能界を追放されたとき、もう何がどうなってもいい、死んでもいいって思ってた。そのヤケクソ感、俺も知ってる。だけど、ボコられてるところを夏神さんに助けられて、夏神さんの飯食って、そんで……今、生きてる。めちゃくちゃわかるよ！」

「マジで⁉ カイリ君もやっぱり、死にたいのにごはん美味《おい》しかった⁉」

「マジで！ めちゃくちゃ旨《うま》かった。夏神さんの飯、すげえな！」

「ほんまやな！」

レイナは勢い余って海里の右手を取り、自分の両手でギュッと握った。海里のほうも、過去の自分と今のレイナの気持ちがピッタリ重なって、胸がいっぱいになってしまった。いつもなら神経質に振り解《ほど》くはずのレイナの手に、もう一方の手を添えてしまう。

そんな若者ふたりの様子に、淡海と悠子は顔を見合わせ、クスッと笑った。

「詳しい事情はわかりませんけど、何だか可愛らしいわね」

「……本当にね」

奇妙に鈍い反応を返してきた淡海に、悠子は微《かす》かな違和感を覚える。しかし、傍らに立つ長身の男の横顔からは、何の感情も読み取ることはできなかった。

「どうかなさった？」

「ああ、いえ。こんな風に我が家に客人をたくさんお迎えするなんてことは滅多にないから、賑《にぎ》やかすぎて少し目が眩《くら》んだかな」

淡海はただでさえ細い目を糸のようにして笑うと、一歩前に出た。まるで魔法を解くような仕草で、パンと手を鳴らす。

その音に驚いて、海里とレイナはパッと手を離した。

「あ、あの、淡海先生、これは事故……」

「わかっているよ、五十嵐君。それより、もう時刻も遅い。そろそろ、そちらのお嬢さんを送っていって差し上げたらどうかな」

やんわりとではあるが、家主に「お開き」を宣告されて、海里は慌てて深々と頭を下げた。

「あ……は、はいっ！　すみません、長々お邪魔しました！」

「すいませんでした！」

レイナも海里よりさらに深く、身体を折り畳むようにお辞儀をする。

「いえいえ。何のお構いもしませんで」

「いえ！」

レイナはばね仕掛けの人形のように頭を上げ、さっき自分が引っ繰り返して元に戻したパイプ椅子を見た。

「ママがここにいた、あの椅子に座ってたって教えてもろて、初めてちょっとだけ生身のママを感じることができました。……ありがとう、ございました。あの、失礼する前にひとつだけ、ええですか？」

「どうぞ？」

思いきった様子で切り出したレイナに、淡海は鷹揚《おうよう》に応じる。

レイナは躊躇《ためら》いながらも、ストレートな質問を発した。

「ウチのママは……どんな人やったんですか？」

「ふむ。そうだねえ。残念ながら、そう密なお付き合いをしないうちに亡くなってしまったから、ジュナ・カンザキさんの人となりについて、多くを知っているわけじゃない。そこは先にことわっておくよ」

「それでもええです。何も覚えてへんウチより、絶対マシなはずですし」

レイナはそれでも熱心に食い下がる。淡海は上階より少し低い天井を見上げ、しばらく考えてから、こう言った。

「生真面目な人だな、といつも思っていたよ」

「生真面目？」

自由人そのもののようなジュナ・カンザキの外見にはそぐわない意外な言葉に、レイナは素直な驚きを示す。淡海は、懐かしそうにパイプ椅子のほうを見た。

「ここに音を鳴らしに来るときはいつもひとり、しかもすぐご近所だろ。なのに彼女、いつだってばっちりメイクして、そのままテレビに出られるようなエキゾチックな出《い》で立ちでやってきていたよ」

（あ、さっき見た雑誌の切り抜きみたいな……）

海里は、さっきレイナに見せてもらった、鳥居にもたれかかるジュナ・カンザキの姿を思い出し、なるほどと頷く。

「だけどここに入るなり、わざわざ化粧を落としてタンクトップとジーンズに着替えて、楽な格好で音楽を楽しんでいた。で、帰るときにはまた化粧をしてドレスアップするんだ」

「なんだってそんな無駄なことを？」

海里が不思議がると、淡海は笑みを含んだ声で答えた。

「僕も不思議だった。でも、たとえ一メートルでも公道を歩く以上、ファンがどこかから見ているかもしれないから。彼女はそう答えた。あのアバンギャルドなイメージを、彼女は死に物狂いに、律儀に、守り続けていたんだろうね。僕がふざけて、地下室での彼女を写真に撮ろうとしたら、それはもう怒られたもの」

「……淡海先生は、意外とちょいちょい悪いことしますよね」

実感のこもった海里の呆《あき》れ顔に、淡海は頭を掻《か》いた。

「いやあ、作家の性《さが》だよね。こうしたらこの人はどうするかな、って思ったら、確かめずにはいられないっていうか」

「作家がみんなそうみたいに言わないでくださいよ。絶対違うでしょ」

若干の棘《とげ》を声に潜ませる海里とは裏腹に、レイナはちょっと嬉《うれ》しそうに頷いた。

「そうやったんや……」

「口数がとても少ない人だったけど、喋《しゃべ》ると君とまったく同じ系統の関西弁だったなあ。そうそう、一人称も『ウチ』だったよ。尖《とが》った外見と、その関西弁のギャップも、とても魅力的だった」

「そっか。ママも、ウチって言うてたんや」

淡海からもたらされたほんの少しの情報を大切に噛《か》みしめ、レイナは改めて、淡海に深くて長いお辞儀をした……。


ほどなく、海里とレイナは連れ立って淡海邸を辞した。

淡海はタクシーを呼ぼうかと申し出たが、レイナが宿泊しているJR芦屋駅至近のホテル竹園まではずっと下り坂で、歩いてもさほど時間はかからない。結局、海里がスクーターを押して、ホテルまで送っていくことになった。

「さっきよりまたちょっと涼しくなったけど、それでも暑いな」

海里はそう言って、ショルダーバッグから引っ張り出したタオルを首に掛けた。

「スクーター、ウチが押そか？　ダンスで鍛えたから、こう見えて力持ちやで？」

「いいよ。俺の細腕で頑張るから」

うねうね下っていく暗い夜道を、やはり小声で喋りながら歩きつつ、海里はふと、先刻のことを思い出した。

「なあ。蒸し返して悪いけど」

「何？」

「さっき石柱に抱きついてたのは、その、ママに会いたい気持ちが云々《うんぬん》って」

「ちょ、もうええやんその話」

「いや、一言だけ念のため。お母さんがもたれてた鳥居は、淡海先生のお宅のすぐ北側にあるやつだよ」

海里が指摘すると、レイナは「ファッ⁉」と奇声を上げた。海里は気の毒そうに補足する。

「レイナさんが抱きついていた石柱は、鳥居ですらない。つい最近建てられた、門。もしかして、暗くてわかんなかった？」

「わからへんかった。石の柱はみんな鳥居かと……」

「詰めが甘いッ。……そっか、お母さんがもたれたところに抱きついて、せめて存在を感じたかったんだね。何なら引き返して、もっかい抱きつきにいく？」

「やめて。改めて言われたら、滅《め》茶《ちゃ》苦《く》茶《ちゃ》恥ずかしいやん。それに、そっちは淡海先生んとこのパイプ椅子で感じられたから。もう、鳥居はええわ」

「それもそうだな」

二人は顔を見合わせ、へへっと笑い合う。

しばらく無言で歩いていた二人だが、ホテルの電飾が真ん前に見えてきた頃、躊躇いがちに再び口を開いたのは、海里だった。

「これから、どうすんの？」

海里が問うと、レイナはシンプルに答えた。

「明日《あした》、帰る」

「明日？　もう？」

「大阪の施設でお祖母《ばあ》ちゃんに会《お》うて、その足で東京に帰るわ。もう、本来の用事は終わったわけやし。今、無職やから、宿代もバカにならんしね」

「それもそうか。じゃあさ、明日、ホテルをチェックアウトしたら、大阪へ行く前に、うちの店に寄ってよ」

「へ？　ああ、マスターに挨拶《あいさつ》せんなんやんな。お礼も言わんと」

「や、そんなのはいいんだけど、トンカツだよ。昼飯に、トンカツ食っていって。でないと夏神さんがガッカリしちゃうからさ」

「そやかて、お店、週末はお休み違《ちゃ》うん？」

「だから、こっちも安心して特別料理が作れるじゃん。夏神さんには、帰って俺から話すよ。絶対、喜ぶ。だから、明日、必ず来てくれよ。な？」

「ええんやったら……うん、わかった」

「約束だからな？」

さすがに指切りは恥ずかしかったのか、海里は片手をスクーターのハンドルから離し、グッと握り込んで、レイナのほうへ差し出す。

「おっけ」

レイナも短く応《こた》えて、海里の拳《こぶし》に、握り込んだ自分の拳をこつんとぶつけた。

＊　＊

翌日の正午過ぎ、レイナは約束どおり「ばんめし屋」にやってきた。

真っ赤なキャリーバッグを引き、着ているものは、これまでと違ってよそ行き感のあるワンピースだ。

ピッタリした半袖《はんそで》にウエストをギュッと絞り、裾《すそ》がふんわり広がったクラシックなデザインは、昔のアイドルを髣髴《ほうふつ》とさせる。

三人を驚かせたのは、彼女の髪だった。

昨日まで鮮やかなピンクとグリーンだった髪が、真っ黒に染め直されている。

「その頭。一夜にして白髪になったっちゅう話は聞いたことあるけど、一夜にして真っ黒になるんは初耳やな」

夏神はそう言ってニッと笑った。レイナは、恥ずかしそうにペコリと頭を下げる。

「今朝イチ、美容院に飛び込んで染めてもらいました。お祖母ちゃんに会うにはこの格好のほうが、わからんなりに安心してもらえるやろと思うて。ウチ的にもゼロからのスタートの証《しる》しっちゅうか、そんな感じで。形から入るほうなんです」

「わかる。俺もそう」

エプロン姿の海里は、カウンター席の椅子を引き、彼女に勧めてやる。

「今日は、レイナ様の貸切でございますよ。ささ、どうぞどうぞ。お荷物はこちらへ」

ロイドもまた、喜色満面でキャリーバッグを受け取り、レイナに着席を促す。

「ほんまに色々、ご心配をおかけしました。振り回してしもて、すいませんでした」

席に着き、夏神と向かい合うポジションになって、彼女は深々と頭を下げた。ついでのように、ロイドと海里にもそれぞれ一回ずつ、軽く目礼する。

「ええんや。よう、思い直してくれたな。俺らは大して力になれんかったけど」

夏神の言葉に、レイナはぶんぶんとかぶりを振る。

「いいえ。ウチ、この店にたどり着いてへんかったら、もう、あのまま浜まで歩いていって、ヤケクソで海に身投げとかしとったかもしれへんです。ここで、うんと助けていただきました」

「そやったらええけども。ああ、そや。トンカツだけやったら、愛想ないやろ。なんぞ、一つでもお母さんとの思い出がここにできたらええと思うねんけど」

夏神はそこで言葉を切って、レイナの、今日は華やかにオレンジのチークで彩られた顔を覗《のぞ》き込んだ。

「お母さんとの思い出の料理はないんか？　作れるもんやったら、作るで」

そう言われたレイナは、顔をしかめて、うーんと唸《うな》った。

「何しろ四歳で別れたから、ママと一緒に何か食べた記憶ってなくて」

「……やっぱしアカンか」

「あ、でも」

ガックリ肩を落としかけた夏神は、レイナの言葉に気を取り直した様子で、カウンターに片手を置いた。

「何ぞ思い出したか？」

「いえ、直接のことやないんですけど……」

「それでもええ。言うてみ？」

「『お母さんみたいになったらアカンで』が口癖やったお祖母ちゃんが、たった一つだけ、ママを悪う言わんかったことがあるんです。食べ物関係で」

ロイドは、レイナに冷たい麦茶を出してやりながら、キラキラした目で問いかけた。

「それは、なんでございますか？」

するとレイナは、短く答えた。

「筑前煮《ちくぜんに》」

夏神は、興味をそそられたように身を乗り出す。

「そらまた、古典的な料理やな」

「お祖母ちゃん、特に九州出身でも何でもないんやけど、筑前煮が得意料理やったんです。日持ちするし、ようけぇ作ったほうが美味《おい》しい言うて、いっつもでっかい鍋《なべ》でどーんと炊いてました」

夏神はそれを聞くと戸棚を開け、金色に光る大きな両手鍋を取り出した。直径が三十センチ以上ある、特大サイズの深い鍋だ。

「こういう奴やろ」

「あっ、それそれ！　ほぼ同じ！　大きさもそんな感じやったわ。それって、アルミなんですか？　お祖母ちゃんは、アルミの鍋て呼んでたけど」

「シュウ酸アルマイトやな。アルミの表面に膜を作って強うしたもんやから、アルミの鍋で間違いやない。昔から、煮物言うたらこの鍋や。俺も、よう使う」

「へえ。プロは、もっと高そうでかっこいいお鍋を使うのかと思ってました。トム・クルーズみたいな名前の鍋とか」

「トム・クルーズ？」

夏神は、突然レイナが口にしたハリウッド俳優の名に目をパチパチさせたが、海里はすぐに彼女が意図するところを察して言った。

「それを言うなら、ル・クルーゼだろ。あるよ、鋳物鍋。でも重いから、使用頻度からいえば、アルマイトの鍋のほうが断然よく使う」

「へえ。そういうもんなんや。とにかく、筑前煮は色んな野菜が入るから、ウチもいっつも手伝わされてたんよ。台所に並んで立って、野菜を片っ端から切ったり煮たりしとる間、お祖母ちゃんは決まって、『これは、あんたのお母さんが子供の頃から大好きやった料理やで』って言ってた」

「なるほど、お母さんの好物ね」

「うん。そんときだけは、お祖母ちゃん、ママのことを笑顔で思い出してた。『根菜が苦手な子ぉやったけど、筑前煮だけは好きやったなあ。行儀が悪い言うて何ぼ怒っても、これがええねんて言い張って、炊きたてのご飯に山盛り載っけて食べとったわ』っていうん、五百回くらい聞かされた」

「もっと詳しい情報をくれよ。どんな具材が入ってた？　どのくらいのサイズに切ってた？」

「全部だいたいこのくらい？　大根と蒟蒻《こんにゃく》は四角う切ってた。あとは適当」

海里にせっつかれ、レイナは、親指と人差し指で、直径二センチくらいの輪を作ってみせる。

「わりとちっちゃめだな」

「そやねん。何だかんだ言うて、お祖母ちゃん、ママがご飯に載せやすいように作ってたん違《ちゃ》うかな。具材は……大根、人参《にんじん》、牛蒡《ごぼう》、レンコン、蒟蒻、鶏肉《とりにく》……」

「タケノコは？」

「タケノコは入れへんの。お祖母ちゃんもママも嫌いやからって。その代わり栗が入るんよ、お祖母ちゃんの筑前煮」

「栗か。そら旨《うま》そうやな。甘煮か？　それとも渋皮煮か？」

追及する夏神に、レイナはハッキリ答えた。

「甘栗！　甘栗の皮剝《む》いてあるやつ買ってきて、仕上げに一袋、どさーっと入れてしまうんです。甘い煮汁に甘い栗が入って、ほんまに美味しかった。ウチも、お祖母《ばあ》ちゃんの筑前煮、大好きやった。けっこうあまーい味付けで」

ふむふむと頷《うなず》き、夏神は食材があることを確認しながら、なおも質問を繰り出した。

「どないな風に作っとった？　切った具材、いきなり煮とったか？」

レイナはしばらく考え、「ううん」と言った。

「下ごしらえを、何ぞやっとったんやな？」

「食材をようけえ使《つこ》うから、絶対失敗せんようにて、全部下茹《したゆ》でしてました」

「全部？　分けて？　鍋いっぱい要るな」

驚く海里に、当時のことを思い出したのか、レイナは楽しげに両腕を広げてみせた。

「コンロは三口しかあれへんから、お鍋三つ置いて、大根と人参は一緒、牛蒡とレンコンは一緒、蒟蒻は絶対別にせなあかんで……って」

夏神の精悍《せいかん》な顔に、みるみるエネルギーが漲《みなぎ》っていくのがわかる。

「よっしゃ、それやったら何とかなる。まかしとき！　ロイド、ちょー、そこの『パントリー』行って、板蒟蒻二枚と、あとは甘栗を……そやな、大きいんやったら一袋、おやつサイズやったら二袋買《こ》うてこい」

「かしこまりましたっ」

即座にレジからお金を出して飛び出そうとするロイドに、海里は慌てて壁のフックに引っかけてあった麦わら帽子を差し出す。

「待て待て。お前、そのまま行ったら溶けるだろ！　これ！」

「は、そうでございました。恐縮です。では、改めて、行って参ります！」

気が急《せ》くのか、愛用のエプロンをつけたまま、つばの広い麦わら帽子を目深に被《かぶ》り、ロイドは店を飛び出していく。

レイナは驚いた様子で、後に残った夏神と海里を見た。

「もしかして……お祖母ちゃんの筑前煮、作ってくれるん？」

海里は厨房《ちゅうぼう》に入り、笑顔で胸を叩《たた》いた。

「他に俺たちにできること、ないからな。お母さんの好きだった料理をここで食うのも、思い出の一つ……に、なったりしねえかと思ってさ」

「なる！」

レイナの頬が、チークのオレンジ色を包み込むように上気していく。夏神も、笑顔で言葉を添えた。

「なるたけ、お祖母さんの筑前煮を再現できるように頑張るよってな」

「ありがとうございます！　めっちゃ楽しみ！」

レイナは満面の笑みで、ペコリと頭を下げた。

ロイドの帰りを待ちつつ、夏神と海里はさっそく筑前煮の支度に取りかかった。

大根は、レイナの指示どおり角切りにして、水を張って火にかけた鍋に、切った端から放り込んでいく。人参も、同じくらいのサイズに乱切りにして、一緒に茹でる。

「レンコンと牛蒡は、さっとでええで。歯ごたえが嬉《うれ》しい野菜やから、グダグダ茹でんほうがええ」

夏神は、冷凍の鶏もも肉を半解凍にして、それを野菜に合わせた大きさに切り揃え、さっきの大きなアルミ鍋にごま油を引いて炒《いた》め始めた。

「ほんまは一日おいたほうが旨いねんけどな。お祖母さんがしてはったみたいに、いっぺん茹でてから煮ると、味が入るんが早いねん。作りたてでも十分旨《うも》うなる」

「やった！」

レイナはガッツポーズをして、立ち上がった。そして、カウンター越しに、海里や夏神の調理風景を眺める。

「もっと狭い台所やったから、お祖母ちゃんとウチ、並んで立ったらギチギチやったなあ。あ、ごま油のええ匂い。そう、それ！　お祖母ちゃん、ごま油使ってたわ」

「そらよかった。こくが出るからな。お祖母さんは料理上手やったんやな」

鍋底にくっつかないよう注意して鶏肉を炒めつつ、夏神は相好を崩す。

そこに、「お待たせ致しました！」と、ロイドがエコバッグを提げて意気揚々と戻ってきた。

「お申し付けどおり、板蒟蒻と甘栗、そして追加の大根も買って参りました」

エコバッグをカウンター越しに受け取りつつ、夏神は太い眉《まゆ》をひそめた。

「追加の大根は言うてへんで？　何すんねんな」

するとロイドは、麦わら帽子を外してフックに掛け、奇妙なかたのついてしまった髪を両手でほぐしながら答えた。

「レイナ様が初めてお越しになった夜、品切れだったトンカツには、大根おろしと大葉が添えられておりましたでしょう？　大葉は冷蔵庫にございましたので、大根おろし用を」

「ああ、なるほど。よう覚えとったな。ほな、ロイドは手が空いたら大根をおろしといてくれ。夏の大根は辛味が強いことが多いから、時間を置いたほうがええ」

「お任せくださいませ！」

火が使えない自分も、レイナのための料理作りに参加できるのが嬉しくて、ロイドはいそいそと厨房にやってくる。

「よっしゃ、下茹でが済んだ野菜から、どんどんこっちに放り込んでくれや、イガ」

「了解！　ほんじゃ、とりあえず、もうざるにあけてあるレンコンと牛蒡から。蒟蒻はすぐ切って、さっと湯がくから待って。大根と人参も、そろそろいいかな」

一つ一つの具材は大した量ではないが、順に加えていくと、鍋《なべ》の中がどんどん賑《にぎ》やかになっていく。

夏神は、その鍋に、きび砂糖とみりん、そして醤油《しょうゆ》を目分量で入れ、実にざっくりとした味付けを始めた。海里は、思わず目を見張る。

「けっこう砂糖入れたね！」

「これでも少ないほうやで。昔は、甘いこと自体がご馳走《ちそう》やったんやろな」

夏神はそう言いながら、大きな木べらで全体をぐるんと大きく混ぜる。

「水は？　それか酒は？　焦げ付かない？」

「茹でた野菜からばんばん水分が出るからな。それで十分や。濃い味に仕上げたいから、水はよっぽど足らんとき以外は入れへんねん」

「なるほど。あっ、ホントだ。意外とグツグツいうくらい水分あるね」

「せやろ」

夏神は煮汁をちょっとスプーンに取り、二人の仕事を熱心に見物していたレイナに差し出した。

「味、どや？　こんな感じやったか？」

レイナはスプーンを受け取って味見をして、うーんと数秒唸《うな》ってから頷いた。

「もちょっとだけ、甘かった気ぃします。醬油の味は、これから煮詰まるんですよね？」

「そやな。当たらずとも遠からずやったら、もそっと煮詰めるまでこのままいこか」

海里の手で、甘栗以外のすべての具材が投入された鍋を、夏神は両手で持ってときおり大胆に振り、中身を器用に返しながら強めの中火で煮続ける。

下処理してあるので、野菜や肉には、驚くほどスムーズに調味料の茶色が滲《し》みていく。

特に大根は、縁取りするように色が変わっていくので、とても美しかった。

「こういう縁が濃い色の花、ピコティとか言うんだよな」

謎の豆知識を披露する海里に、夏神は苦笑いした。

「そら知らんけど。それより、そろそろトンカツの用意を頼むわ」

「オッケー。ロイド、そっちは？」

「もはや準備万全でございます」

ロイドは得意げに、見事な千切りキャベツが山盛りのボウルを持ち上げてみせる。

「腕、上げてんなあ……。負けられねえわ。んじゃ、揚げ鍋の支度をしつつ、肉をちょっと緩めますか」

驚きと悔しさを素直に出してそう言うと、海里は冷蔵庫から、さっき衣をつけておいた豚肉が入ったバットを取り出した。

揚げる前、ほんのしばらく肉を室温に置いておくと、緊張が解《ほぐ》れてリラックスするというのが、夏神の持論なのである。

海里が、夏神の鍋の隣のコンロに揚げ鍋を載せ、火を点《つ》けたそのとき、何の前触れもなく、入り口の引き戸が開いた。

店に入って来たのは、淡海五朗である。

タクシーで乗り付けてきたのか、汗ひとつかかず、涼やかな麻のスーツに、ノーネクタイのワイシャツ、そしてパナマ帽という何ともお洒落《しゃれ》な出《い》で立ちである。

「淡海先生？　いらっしゃい。どないしはりました？」

驚く夏神に、淡海は帽子をヒョイと脱いで挨拶《あいさつ》した。

「こんにちは、マスター。五十嵐君とロイドさんも。そして、君がここにいるとは！

まさに僥倖《ぎょうこう》だな、レイナさん。本当のところ、用事があるのは君になんだ。ここで会えるとは思わなかったけれど」

「ウチ、ですか？」

　レイナはビックリして自分を指さす。すると淡海は、小脇に抱えてきた紙包みをレイナに差し出した。

「五十嵐君に言付ければ渡して貰《もら》えると思って持ってきたんだけど、ご本人がいるなら、直接渡すのがいちばんいい。さ、どうぞ」

　全員が呆気《あっけ》に取られているのを気にも留めず、淡海はなおもレイナに包みを押しつけるようにする。

「は……はあ」

　レイナは戸惑いながらも、両手で慎重に包みを受け取った。

　包みは模造紙とビニール紐《ひも》で頑丈に梱包《こんぽう》されている。

「すいません。あの、これ、何なんですか？　ウチに？　開けてもええ奴ですか？」

「うん、開けて。君以外の誰にも渡せないものだよ。はあ、発見したら吉日だねぇ」

　ハサミを手に開梱の手伝いをしようとすっ飛んでいくロイドを横目に見ながら、海里はカウンター越しに淡海に訊《たず》ねた。

「発見したら吉日ってことは、今日見つけたんですか？」

　すると淡海は、勧められてもいないのにテーブル席の椅子を引き、腰を下ろした。

「昨夜、レイナさんの話を聞いて、ちょっと思い出したことがあったんだ。で、あれから夜どおし自宅で発掘作業をしていたら、今になったってわけ。そしたらレイナさんがここにいた。やはりこの品物が、彼女のもとへ行きたがったんだろうな」

　どうやら、淡海はレイナのために何かを探していたらしい。さりげなく言った「発掘」という言葉から、それを見つけ出すのがいかに大変だったかが思いやられる。

　服装の爽《さわ》やかさに誤魔化されていたが、よく見れば、淡海の目元は酷《ひど》く腫《は》れぼったい。絵に描いたような寝不足の顔だ。

　きつく結ばれたビニール紐を切りながら、レイナは首を傾げた。

「平べったいし、角張ってるし、わりと重い。これ……もしかして」

「いいから、開けて開けて。話はそれからだよ」

　淡海は子供のようにワクワクした顔で催促する。

「もうすぐでございますよ。模造紙による梱包が二重とは、念が入っておりますね」

　ロイドはそう言いながら、楽しそうに、しかし慎重に、紙を剝《は》がしていく。

　やがて現れたのは、額装された絵画だった。

　おそらくはキャンバスではなく、画用紙にパステルで描いたものだ。

　描かれているのは、どちらかといえば下手寄りのヘタウマの印象を受ける人物画……若い女性の、いわゆるバストアップの構図である。

　真正面を向いた彼女は日焼けした肌に赤い頰をして、大きな口を開けて笑っている。

身体はおそらくほっそりめに描かれ……てはいるのだろうが、線がヨレヨレしているのでよくわからない。着ている服はシンプルな白のワンピースで、胸元に赤いチューリップのような形のブローチと思われる飾りが描き込まれている。

「……なんだ、こりゃ」

海里は思わず間の抜けた声を出した。ロイドも、首を傾げる。

「この、ロートレックとピカソとモディリアーニを混ぜて五等分したような絵は、なかなか味わい深《ぶこ》うございますなあ」

褒めているのか貶《けな》しているのか咄嗟《とっさ》に判断のつかない感想を口にするロイドをよそに、レイナは淡海に困惑の眼差《まなざ》しを向けた。

「あのう、ウチ、絵にはさっぱり興味がないんですけど、これ、何ですか？」

「女の子の絵だよ」

「そらわかってますけど、ウチには関係無い……」

淡海は空とぼけた笑顔で応じる。

「ないかな？」

「ないかなって、ウチ、画家に知り合いはいてへんし」

「まあまあ、額を裏返してごらん」

「はい？」

淡海に促され、レイナは戸惑ったままの顔で、それでも従順に額を裏返した。

途端に、淡海を除く全員の口から「あっ」と同時に声が上がった。

そこには、黒いパステルで、「JUNNA KANZAKI」と署名されていたのである。

「これってもしかして、ママが描いた絵？」

レイナはまん丸に見開いた目を淡海に向ける。淡海は、細い目で、当人以外の人には認識されそうにない不格好なウィンクをした。

「そうだよ。入院前、最後に我が家に来たとき、これを僕に預けていかれたんだ。そして、そのまま……」

「またどうして、先生に？」

海里の疑問は、全員を代表してのものである。淡海は、少し困った様子で座ったまま身じろぎした。

「自分に万が一のことがあったとき、この絵だけは、他人に無造作に処分してほしくない。だから念のため退院するまで預かっていてほしい、って言われたんだよね」

「……それは、なんでですか？」

「大事な一人娘を描いた絵だから、と言っていたよ」

「えっ？　じゃあ、これって、ウチの絵!?」

夏神までカウンターに両手をついて身を乗り出し、淡海以外の全員が絵に顔を近づけて見入る。

しかし、真っ先に情け容赦ないコメントを発したのは、当の本人、レイナであった。

「全然似てへんし！」

「そりゃそうだよ」

淡海は気の毒そうに苦笑いした。

「四歳で別れてそれきりの娘は、今どんな大人になっているだろう。私にそっくりに違いない。そう思って、想像で描いたって言ってた」

「ウチ、たぶんパパ似なん違《ちゃ》うかな。パパがどんな人かとか、それこそ知らんけど」

「その可能性は、彼女、全然考えてなかったみたいだったなあ。娘がいつか訪ねてきたら、答え合わせがしたい、なんて言って笑ってた。いやあ、レイナさんが来るまで、この絵のことをコロッと忘れていて、どこに置いたか思い出すのが一苦労だった」

あっはっは、と笑う淡海に、ロイドは軽く憤慨した様子で両手を腰に当てた。

「淡海先生、それはあまりにもお心なき振る舞いかと」

「いやあ、ごめんね、ロイドさん。レイナさんも。お母さんの大事な形見の絵を、適当に保管しちゃって。でも入院されるときはすぐ帰って来るような口ぶりだったから、僕も軽い気持ちで預かっちゃってね。申し訳なかった」

淡海はレイナに向かって深く頭を下げたが、そもそも彼の言葉はもはや、レイナにはまったく聞こえていない様子だった。

彼女は両手で額縁を持ち上げ、鏡を見るようにまっすぐ絵と向き合った。

海里も身を乗り出して覗《のぞ》き込んでみたが、描かれている女性は、やはりレイナにはあまりにも似ていないし、技術も稚拙である。

　音楽家としては優れた人物だったジュナ・カンザキだが、画才は今一つだったのだろう。それでも、この絵を大切に額装して、自宅に飾っていたのかもしれない。

「なんでウチのことなんか描いたんやろう。ずっとほったらかしの娘のことなんか」

「ずっとほったらかしにしてしまったからこそ、じゃないかな。自分から娘に会いに行く資格はない、そう言ってたよ」

「そんなこと……」

「君たちは、お互いに遠慮しすぎたんだ。もっと素直に、会いたいときに会いにいけばよかった。……だけど、人生は得てしてそういうものかもしれないね」

　淡海はそう言いながら、ゆっくり立ち上がった。

「とにかく、ジュナ・カンザキさんの絵は、娘である君が持っているのがいちばんいい。確かに渡したよ？　じゃあ、僕はこれで」

　淡海はそう言うと店から出て行こうとしたが、それを呼び止めたのは夏神だった。

「先生も食うていってください」

　淡海は、微妙な顔つきになる。

「いや、僕、日中は食欲がなくて」

「ええから。うちに来たお人を、なんも食わせんと帰すわけにはいきませんて」

「……そういうものかねえ。じゃ、一口だけ」

いかにも渋々、淡海はカウンターのいつもの席に座った。

レイナは、自分にちっとも似ていない自分の想像図を、大事そうに隣の席にそっと立てて置いた。

「ママ、思うてたんと違《ちゃ》うウチを見たら、ガッカリしたやろか」

「まさか。想像どおりやったほうが、おもんなくてガッカリしたん違《ちゃ》うか。さて、人生最後の夜のトンカツ改め、人生再出発の昼のトンカツの前に、これや」

夏神は、まずはレイナの前に、煮上がったばかりの筑前煮《ちくぜんに》をたっぷり盛りつけた鉢を置いた。その横に、敢《あ》えて大ぶりの茶碗《ちゃわん》に盛った炊きたてご飯を添える。

同じものを供され、淡海は目を見張った。

「筑前煮にご飯か。これは予想外の昼食だな」

「それやったら、少しくらいは食えるん違《ちゃ》いますか」

夏神は笑いながら、そっくり同じセットを、ジュナ・カンザキの絵の前にも置いた。

レイナは驚いた顔で、夏神を見る。

「マスター……」

「定食屋には、線香の代わりにこんなもんしか供えられへん。お母さんと一緒に好物を食うてる気分に、ちょっとくらいはなれるやろか」

レイナは早くも涙ぐんで、こっくり頷《うなず》いた。そして、スプーンを取り上げると、筑前煮をご飯の上に載せた、というより積んだ、と表現したいくらいたっぷり盛った。

「いただきます！　行儀悪くてすいません！」

そう言って箸《はし》に持ち替えた彼女は、筑前煮とその煮汁が滲《し》みたご飯をざぶざぶと一緒に掻《か》き込み、「うっまい！　これ、お祖母《ばあ》ちゃんの味！」と歓声を上げた。

夏神は、「そらよかった」と、たちまち安堵《あんど》の表情になる。

海里は、そんな二人の様子を見ながら、じりじりとロイドに近づき、耳元で訊《たず》ねた。

「なあ、ジュナさんの幽霊、絵と一緒に来てたりはしねえの？」

海里の声には期待が滲《にじ》んでいたが、ロイドはそんな海里を窘《たしな》めるように囁《ささや》き返した。

「そう物事は都合よく運びませんよ、わが主《あるじ》」

「さすがに、そこまで上手《うま》くはいかねえか」

「参りますまい。ですが……」

ロイドは柔和な笑みを浮かべ、レイナを見やった。海里もその視線を追うように、首を巡らせる。

「ママが生きてたら、お祖母ちゃんがウチらのこと覚えとったら、一緒に食べたかったな。美味《おい》しいなあって言い合って、行儀悪い、あんたら何やのってお祖母ちゃんに怒られて、謝って、ほんでもやっぱり、筑前煮はご飯に載っけて食べて」

筑前煮とご飯を掻き込みながら、合間に器用に喋《しゃべ》るレイナの声が、だんだん涙で湿ってくる。

「お祖母ちゃんの味の筑前煮を、ママが描いたウチの絵と一緒に食べるって……これって、三代揃った初めての思い出になるんかなあ」

誰にともなく問いかけるレイナの目から、幾筋も涙が零《こぼ》れて頬に伝う。

その問いに答え、同時に同じ一言を発したのは、夏神と淡海だった。

「なる」

ギョッとして顔を見合わせたあと、ふふっと可笑《おか》しそうに笑ったのは淡海だった。

「たぶん、マスターと僕は同じことを思ってるよ、レイナさん」

「同じ、こと？」

「そう。死んだ人も、命より先に心だけを彼岸へ送ってしまった人も、誰かが覚えていて、大切に思ってくれさえすれば、その人の中で生きていけるんだ。一緒にね」

ね、マスター、と同意を求められ、じゅうじゅうとトンカツを揚げながら、夏神も無言で頷く。

共にかけがえのない人を失い、心に決して癒《い》えない傷を負いながらも、同時に亡き人を心に「住まわせる」ことで生きる力を取り戻した二人である。生き方はそれぞれ違っても、死者に支えられて生きているという点においては、大いに通じ合うものがある。

「一緒に、か」

レイナは茶碗と箸を置き、もう一度、母親が描いた自分の絵を手にした。

「何度見ても、全然似てへんわ。けど、ママがウチのことを覚えててくれたことも、会いたいと思ってくれてたこともわかって、ほんまに嬉《うれ》しい。……ママの代わりにこの絵が会いに来てくれたんやな」

つくづくと絵の中の女性……似ても似つかない、「母親にとっての娘の未来予想図」を眺めてから、レイナは絵をギュッと胸に抱き、木製の額縁に濡《ぬ》れた頬を押し当てた。

　そのまま目を閉じた彼女の唇から、吐息交じりの囁きが零れる。

「ギュッてしてんのはウチやのに、なんや、温かいもんで包まれてる気がする。こんな感じ、初めてやわ」

「実際、包まれとんのや」

　夏神は、静かに、しかし確信を込めてそう言った。

「たとえ目に見えんでも、死んだ人の想《おも》いは、きっと生きとる俺らを温めてくれる。膝《ひざ》を抱えとるときも、前に一歩踏み出すときも、俺らが気づきさえすれば、隣に、背後に、目の前におってくれる。寄り添って、背中を押して、手を引いてくれる」

　そんな夏神の言葉を聞きながら、海里は不思議なものを見ていた。

　額縁から生えた一対の羽……淡い象牙《ぞうげ》色の、細かい羽根に覆われた、半ば透けた大きな翼が、ゆっくりと広がり、レイナを包み込むのを。

　それが、手のひらで雪が溶けるときのようにすうっと消えてしまうまで、ほんの十秒ほどだっただろうか。

「……ほんとだ。抱き締められてる」

　海里の呟《つぶや》きに、傍らで、ロイドも穏やかな表情で頷いた。

「はい。亡き人の魂はもはやここにはあらねども、その方があの絵に込めた、レイナ様に差し上げたかった愛情も、罪の意識も、後悔も……想いのすべてが、これからはレイナ様と共にあるのでございましょう。この上なき、守りの翼として」

大事そうに梱包《こんぽう》し直した絵を抱え、元気に去って行くレイナを、夏神と海里とロイド、そして淡海は店の外に並んで見送った。

「さて、僕もそろそろお暇《いとま》するかな。筑前煮もカツも美味しかった。ご馳走様《ちそうさま》。本当に一口ずつしか食べられなくて、申し訳なかったけれど」

そう言って夏神に礼を言って、淡海はパナマ帽を頭に載せた。

夏神は「いえ、無理言うて食うてもろて、かえってすんませんでした」と詫《わ》びる。そのついでのように、「夏バテにならんように、ちょいちょい寄ってくださいよ。次は食えるもんを作りますから」と言い添えた夏神に、淡海は照れ笑いした。

「ありがとう。また、ワガママを言うかもしれないけれど、よろしく頼みます。……あぁ、五十嵐君、そういえば、昨夜の」

淡海が最後まで言うのを待たず、海里はしゃんと背筋を伸ばして身体ごと淡海のほうを向いた。

「原稿……『花束をめぐる諍《いさか》い』、明け方までかかって読みました。正直、内容をちゃんと理解するのも、朗読するのも、今の俺にはだいぶ難しそうだなってのが印象です」

「おや。だったら、難しそうなところを約束どおり書き直すよ？」

淡海はからかうでもなくそう言ったが、海里はきっぱりとそれを拒絶した。

「いえ。倉持さんと俺のために書き下ろしてくださったんなら、きっと俺が知るべきことや、俺が考えるべきことが、あの短編の中に織り込まれてるんでしょう？　だったら俺、あのまんまを受け止めて、噛《か》み砕いてみたいです。時間はちょっとかかるかもしれないし、消化不良を起こすかもしれないですけど、今の俺が、一歩先の俺になるために、自分で……いや、先生や倉持さんの力も借りながら、頑張らせてください」

「いいね。強すぎない決意の言葉だ。そういうのは好きだよ」

　そう言って、淡海は破顔した。

「最初のレッスンの日が決まったら、教えてほしい。僕もちょっと覗《のぞ》いてみたいからね。作家として、役者の成長過程を取材させてもらおう。……では、これにて失礼」

　阪神芦屋駅前のタクシー乗り場に向かうつもりなのだろう、淡海もまた、レイナと同じ方向へと去っていく。

　その痩《や》せた背中を見送りながら、海里は隣に立つ夏神のほうを見ずに話しかけた。

「ねえ、夏神さん。今、俺がすげえ欲してること、わかる？」

　夏神もまた海里のほうを見ず、振り返った淡海に手を振りながら答えた。

「わからいでか。あの子が三杯もお代わりした、筑前煮を山盛りのっけた白い飯やろ。俺も、あれを試してみとうてしゃーないねん」

「あっ！　わたしも！　わたしも、少し冷ましたそれを食してみとうございます！　あと、レイナ様が満腹すぎて召し上がれなかったデザートも、是非！」

二人の会話に、ロイドが元気よく飛び込んでくる。

夏神はほろっと笑ってこう言った。

「ほな、ジュナ・カンザキさんに献杯して、俺らもお相伴しよか」

「やったー！」

「大賛成でございます！」

海里とロイドは歓声を上げ、店へと戻っていく。

その後に続いた夏神は、ふと足を止め、晴れ渡った夏空を眩《まぶ》しげに見上げた。そして、

「さっき見たあの翼みたいに、お前もいつも、俺を包んでくれとんのやな」

と、亡き恋人に向け、感謝を込めて囁いた……。

エピローグ

「すまんな、休みの日ぃやのに、付き合わしてしもて」

夏神は本当に済まなそうにそう言いつつ、いつものように頭にバンダナを被《かぶ》せ、ザンバラ髪をまとめてうなじで端をギュッと結んだ。

厨房《ちゅうぼう》に立つときのいつもの装いだが、今日は土曜で、店は定休日である。

例の、兵庫新聞の夏神が連載している記事、「昔の味を、今日の食卓に」のための料理を夏神が作るというので、外出から帰ったばかりの海里が手伝うことになったのだ。

「いいよ、俺が一緒にやるって言い出したんだし。二時間したらロイドを迎えに行かなきゃいけねえから、他のことするには中途半端なんだ」

ロイドと聞いて、夏神は訝《いぶか》しげな面持ちになった。

「そう言うたらおらんなあと思うとったんや。今日は珍しゅう別行動か？」

「いんや、ロイドは駅前の眼鏡屋にチェックイン」

「何やて？　何があった？　まさか、どこぞが壊れたんか？」

たちまち心配を露《あら》わにする夏神に、海里は軽く手を振って否定してみせる。

「いやいや。壊れる前に人間ドックならぬ眼鏡メンテナンスだよ。クリーニングしてもらって、歪《ゆが》みのチェックをしてもらって、ネジも締め直してもらうんだ」

「なんや、エステみたいやな」

「人間ドックより、本人的には気分はそっちかもな。ウッキウキで、『わざわざ予約をお取りいただくとは。これがＶＩＰ待遇というものでございますね！』とか言って小躍りしてたし」

得意げなロイドの顔を思い出してクスッと笑ってから、海里は話題を戻した。

「それよか、新聞記事の話。これから料理を作るのはいいけど、今週は湊《みなと》さん、急に来られなくなったんだろ？」

「そやねん」

夏神はちょっと困り顔をした。

湊さんというのは、兵庫新聞のカメラマン、湊一水《かずみ》のことである。

夏神の記事を、記者の瀬戸《せと》波美《なみ》と共に担当していて、最初の数回は、二人ともわざわざ店に来て、夏神の調理過程を取材したり、大量の写真を撮ったりしていた。

今は夏神がずいぶん慣れ、記事を自分で書いて新聞社に送り、波美に添削や文字数の調整をしてもらうという方式になった。

しかし記事に添える写真については、やはり一水が毎週やってきて、夏神が調理するところと完成した料理を撮影してくれていたのである。

ところが先週、彼女は六甲山に取材に行き、地上に飛び出した木の根に躓《つまず》いて盛大に転倒した。

その際、大切な商売道具のカメラを身を挺《てい》して守ってしまい、結果、したたかに地面に打ち付けた右肩を脱臼《だっきゅう》したらしい。

「いくらカメラが無事でも、本人が三週間くらいは右腕を固定されたまま暮らさなあかんらしいから、結局、カメラを構えられへんのやと」

「はあ、そりゃ大変だよね」

「代わりのカメラマンを寄越《よこ》すて言われたんやけど、それも面倒やしな。どういう写真が要るかは何とのうわかったから、二、三回分のことやったら、俺のショボい写真で我慢してもらえませんかっちゅう話になったんや」

なるほど、カウンターの上には、夏神のスマートフォンが置いてある。それで調理の最中に都度、手を止め、撮影するつもりなのだろう。

「確かに、新しいカメラマンさんと最初から打ち合わせをやり直すのも面倒だよな。じゃ、余計に俺の活躍が期待されるところじゃん。任せてよ、昔撮られた杵柄《きねづか》だから、夏神さんよりは上手に撮れると思う。あと、俺のスマホのほうが、夏神さんのより性能いいしさ」

「頼もしいなあ。ほな、頼むわ」

夏神はホッとした様子でそう言うと、食器棚を開けてしばらく考え、料理を盛りつけるための皿を取り出した。

直径は十五センチくらいの、いわゆる五寸皿である。縁が緩やかに立ち上がっていて、土にわざと小石を交ぜているのか、表面がところどころでゴツゴツしている。

日頃、店の仕事では使わない、明らかに人の手による器を見て、海里は首を傾げた。

「初めて見る皿だよね。ダークグリーンから淡いグリーン、そんで茶色のグラデーションって、何だか森っぽくていいな」

そんな海里の素朴な感想に、夏神は苦笑いした。

「そういう緑色を、織部《おりべ》っちゅうねん。料理の勉強するんやったら、器のこともそこそこ勉強しといたほうがええで。前にも言うた気ぃするけど」

勉強不足を露呈してしまった海里は、決まり悪そうに首を竦《すく》める。

「ヤブヘビだった！　じゃあこれ、そのオリベ、のいい奴？　記事にするから張り切って出してきた的なお高い皿？」

「ええ奴かどうかは知らんけど、特別な皿や。値段はつけられへん」

すると夏神は、穏やかに微笑んで、皿を手に取った。

夏神の大きな手にかかれば、それなりのサイズのはずの皿が、小皿のように見えてくる。視覚のマジックを実感しつつ、海里は「何だよ？」と興味津々で追及した。

夏神は皿を目の高さに持ち上げてしげしげと眺めつつ、サラリと答えた。

「死んだ彼女がくれたもんや」

「えっ？　彼女さんが？」

「確か岐阜かそこらへ友達と遊びに行って、窯で陶芸体験をしたときの作品らしいわ。『上手《うま》いことできたやろ！』って胸を張って、土産に寄越したんや。そんときは、上手いかどうかなんぞわからへんて笑って流したけど、今、料理人になってみたら、確かになかなかようできとる。使い勝手のよさそうな皿や」

「……そりゃ、最高にいいお皿だ。世界に一枚のお皿じゃん。そんな大事なもん、使っちゃっていいの？」

「ずっと後生大事にしまい込んどったんやけど、レイナさんのお母さんが描いたあの絵を見たときにな、つくづく思ったんや。思い出の品は、しまいこまれたままやったら死んだも同然や。見られて、触られて、使われて、初めてその思い出を持っとる人間と一緒に生きられるんやなって」

「それは、確かに。だけど、もし割れちゃったりしたら」

「割れても欠けても、それは俺とあいつとの思い出が一つ増えるだけのこっちゃ。意地でも継いで使い続ける。で、最終的には俺の棺桶《かんおけ》に一緒に入れて貰《もら》うわ」

　しみじみとした夏神の言葉が、あの夜のレイナの笑顔と共に、海里の胸にすっと染み込んでいく。

「一緒に生きて、思い出を増やす、か。形見の品って、そういうとこあるよね。俺も、死んだ父親が被ってた船乗りの制帽、よく頭に載っけて、父親の整髪料の匂いがちょっと残ってんのを嗅《か》いだりしてた。あれも、俺と父親の思い出だったんだな」

「そやな。親父さんを近くに感じるっちゅうことは、一緒におるんと同じことなんかもしれん。そんな風に思えるようになったんは、つい最近のことやけど」

　夏神も深く頷《うなず》く。

　由来を聞けた途端、海里の目には、一枚の皿がぐんと存在感を増し、一回り大きくなったように感じられる。

「夏神さんが作った料理を盛りつけられるなんて、彼女さんがいちばん喜ぶ使われ方だな。しかも、それが新聞に載るとか、最高じゃね？」

「公私混同かもしれへんけど」

「公私混同で何が悪いんだよ。ちゃんと心を込めてやったプロの仕事なら、誰のための料理でも一緒……つか、大事な人のために一生懸命作った料理は、いつだって最上位だろ！　彼女さんの皿に盛る料理なんだから、堂々と、彼女さんのために作りなよ」

　今度は、海里の言葉に夏神が感銘を受ける番だったらしい。彼はつくづくと皿を眺めてから、それをそっと調理台の上に置いた。

「そやな。今週は特別編やな。作るんは、そない大層なもんやないけど」

　そう言って、丁寧に手を洗った夏神がおもむろにまな板に載せたのは、コロンとした形の小さな茄子《なす》六個だった。

「まずは材料の写真を……と。調味料は、そこに用意してある奴で全部？　つか、醤油《しょうゆ》オンリー？」

「市販の割り下や。できるだけ、簡単にしたほうが作ってみる気になって貰えるからな。こっちは水」

「うわ、究極のシンプル。で、茄子は、敢《あ》えてのちびっ子仕様？」

海里が自分のスマートフォンを構えてさっそく撮影を開始したので、夏神は邪魔にならないように一歩下がって答えた。

「大きい茄子を使《つこ》うたほうが、味はええ。そやけどこの料理は、小さめの、なるたけ丸っこい形の茄子のほうが仕上がりの形がええねん。ガーデニングで野菜を作るとき、茄子を早めに収穫せんとあかんことがけっこうあるやろ。大きいしようと思うとったら、カメムシに汁吸われて傷になったりするからな。そういうときに慌てて早採りした茄子でも作れる料理や。……まあ、大きい茄子でも、一応、また明日《あした》にでもやろか」

「そうだね。大きめの茄子で作るときの切り方の写真も、一枚はほしいかな。あ、もういいよ。作業中は俺のタイミングで勝手に撮るから、気にせずやっちゃって。逆に、ここ撮れってのはどんどん言って」

「おう、頼むで。……実は、茄子は彼女の大好物でなぁ」

そんなことを言いながら、夏神はまな板の前に立ち、調理を開始した。海里は夏神の手元を上手に撮影できる角度を探りつつ、ついには靴を脱ぎ、夏神愛用のスツールの上に立った。

「お、ここからがいい感じ。へえ、彼女さん、茄子好きかあ。つか、今回、食材も少ないね。調味料を除けば、茄子とサヤインゲンだけ？」

「そやで。サヤインゲンは青みを添えるっちゅうだけやから、いっそ省いてもええ。茄子が手元にあって、さてどないしょう、っちゅうときに、他に何ものうても試せる料理や。こう暑いと、買い物行くんも億劫《おっくう》やろ」

「なるほど。そりゃいいね」

海里はスマートフォンを構えたまま、シャッターチャンスを窺《うかが》う。

夏神はまず、小茄子のがくの下のほうに包丁の刃を当て、本体に切り込まないよう気をつけながら、がくの先端のヒラヒラした部分を取り去った。

それから包丁の刃元（刃の手元側の角になった部分）を、茄子の先端、つまり「お尻《しり》」に近い部分から、刃元の角がほぼ茄子の中心付近まで届くように、深めに刺し入れた。

そしてそのまま、がくのほうへ刃を倒し、まずは一本、縦に長い切り込みを入れた。

「がくのほうは、切り込みがずいぶん浅くなるけど、それはいいの？」

「ええねん。同じように、だいたい等間隔になるように、七、八本、切り込みを入れていく。茄子のお尻の、ちょい固《かと》うなっとるとこには触らんように、そこをぐるっと囲むように、切り込みを入れていくんや」

「ふんふん、なるほど。あ、一瞬包丁止めて。そう、茄子に包丁を刺し込んだところで。そうそう、オッケー」

記事を見た読者が、この料理を作ってみたいと思ったときに参考になるアングルは、日頃、夏神に料理を習っている海里がいちばんよくわかるといっても過言ではない。

（湊さんにテクニックでは負けるけど、料理センスってことなら俺が勝つと思うんだよな）

そんな不遜《ふそん》なことを心の中で思いつつ、海里は、夏神が茄子に切り込みを入れるシーンを十枚ほど撮影してみた。

「ほな、次に茄子を揚げる……ことに元のレシピではなっとるんやけど、揚げもんは怖い、嫌やっちゅう人が多いからな。今回はフライパンにちょい多めに油を引いて、弱めの中火でじっくり焼く」

「なるほど。炒《いた》め物のほうが、確かにハードルは下がるよね。あ、そろそろだ」

海里は作業を中断し、二階へ駆け上がった。茄子を炒めつつ、何ごとだろうと夏神が不思議がっていると、ほどなく勢い込んで戻ってきた海里は、いつも茶の間の片隅に置かれているラジオを持っていた。

旧式の、ダイヤルをひたすら回して電波を探すタイプのラジオにしばらく苦戦したものの、神戸《こうべ》をベースにしたFM局にどうにかチューニングを合わせる。

「どないしたんや、いきなり」

日頃、店でテレビをつけることはあっても、ラジオをかけることはない。

夏神は不思議そうに、菜箸《さいばし》で茄子を順番に引っ繰り返して炒めながら、ラジオに耳を傾けた。

『土曜日の午後、皆さん如何《いかが》お過ごしでしょうかね。お天気がいいので、ハーバーランドに繰り出している方も多いんじゃないでしょうか。シーサイドでお散歩……にはちょっと暑すぎますよねえ。暑いッ。昨日も暑かったけど、今日も暑い！　こういう日は、素敵なカフェで冷たい飲み物やアイスクリームが最高ですよね。あっ、浜辺をお散歩するときには、帽子と日焼け止めをお忘れなく！』

　スピーカーから流れてくるのは、いささか早口の女性ＤＪの声だった。バイリンガルなのか、「ハーバーランド」に「シーサイド」、それに「カフェ」と「アイスクリーム」の発音は、カタカナではなく英語のそれだ。

「えらい久しぶりにラジオ聴いたけど」

　夏神は、小さな黒いラジオをどこか懐かしげに見やった。

「相変わらず、こういう番組の喋《しゃべ》りは、毒にも薬にもならん内容やなあ」

「休みの日の午後のラジオなんて、ゆるっと気楽で明るいＭＣのほうがいいじゃん。いきなり深刻に人生とか語られたら、肩が凝っちゃうよ」

「それもそやな。っちゅうか、急にこんなもん聴きだして、どないしたんや」

「へへ。実はこの番組、今日の三時台のゲストはレイナちゃんなんだ」

「ホンマか！」

　夏神は驚いて大きな声を出してしまう。海里はしてやったりの笑みを浮かべた。

「昨夜、本人が知らせてきたんだから間違いないって。電話ゲストだから、本人がスタジオに入れるわけじゃないらしいんだけど、新曲をオンエアしてもらえるって、凄《すご》く喜んでた」

「新曲？　ほな……」

「うん、新しい事務所が見つかって、もっぺんソロアーティストとして仕切り直すことになったんだよ」

「ほーん！」

　夏神はくるくると小さな茄子を器用に返しながら、笑顔になった。

「そら、よかったなあ。そやけど、事務所なんて、そないすぐに見つかるもんか？」

　海里は肩を竦《すく》める。

「まあ、超大手事務所とかは無理だよ。けど、贅沢《ぜいたく》言わなきゃ、小さな事務所で受け入れてくれるとこはある。ま、ちょっとしたコネは必要かもだけどね」

　そう言って自分を指さした海里にしばらく黙っていた夏神は、「おお！」と声を上げた。

「もしかして、お前が前におった事務所か？　今も、ファンレターやらプレゼントやらをここに転送してくれる、あの社長さんとこか？」

　海里はチロリと舌先を出した。

「そ。美和さんにお願いした。最初は『元お荷物が新しいお荷物を紹介してきた！』って渋ってたけど、あの人、ゲンキンだからさ。淡海先生が、はなむけに新曲の作詞を担当してくれるって聞いた途端、『明日にでも契約しましょ！』って。ああいうとこ、ほんと変わんねえ。憎めないんだよな、あの正直さ」

海里が言い終えるタイミングで、女性ＤＪがレイナとの電話回線を開いた。

『今日は、なかなかキャラが立ってた地下アイドルグループ「オオサカ・オクトパス」の元メンバー、レイナさんと電話が繋《つな》がってます。レイナさーん！　こんにちはー！』

『どうもお久しぶりです、レイナでーす！』

夏神や海里にとっては懐かしい声が、ラジオのスピーカーから、ほんの少しひび割れて聞こえる。元気いっぱいすぎるせいかもしれない。

「お、出よった。そやけど、イガ。ラジオもええけど、茄子《なす》がそろそろや」

夏神は、軟らかく炒め上がった茄子を菜箸でつまみ上げてみせる。

「うわあ、はい。ちょい待ち、そのままホールドしてて。撮るから」

夏神は茄子をキッチンペーパーの上にいったん置き、油をほどよく吸わせてから、今度は市販の割り下を水で薄めたものを鍋《なべ》で沸かしたところへ放り込む。

それを海里が撮影している間にも、女性ＤＪとレイナの会話は進んでいく。

『レイナさん、来週リリースされる新曲、あの有名小説家、淡海五朗先生が初めて作詞を手がけたんですって？　凄くないですか？』

『そーおなんです。ちょっとしたご縁があって、作詞をお願いさしていただきましたぁ。

ウチ自身の経験もちょっと入れ込んでいただいて、素敵な歌になりました！』

　声はお馴染《なじ》みだが、よそ行きの関西弁を喋《しゃべ》るレイナが新鮮で、夏神も海里も思わず耳をそばだてる。

　鍋の中では、勢いよく沸騰する煮汁の中で小さな茄子たちがいささか激しすぎる勢いで躍っているが、二人ともそれを気にする余裕がない。

『今回の新曲は、歌詞のところどころにふんわりした関西弁が入ってますよねえ。地下アイドル時代もホームタウンである大阪をとっても大事にしていたレイナさんなので、やはりそこは外せない感じですか！』

『はい、いくら事務所は東京でも、関西を忘れたくないです。そやから今日は、真っ先にこちらのラジオ局に出してもろて幸せです』

『なるほど！　私たちも、お隣大阪出身アーティストのことは、全力で応援しますよ。じゃあ、次はきっとスタジオに遊びに来てください。ライブをお願いしたいですね～』

『是非！　でも今日は、オンエアで楽しんでください』

『わっかりました！　では、曲紹介をお願いします』

『はいっ。では、レイナで、「あなたと根菜」、お聴きください！』

「……『あなたと根菜』！　それって、アレやろ、筑前煮《ちくぜんに》のことやないか」

　あまりにもストレートな曲名に、夏神は盛大に噴き出す。

「しーっ。黙って聴かなきゃ」

唇の真ん中に人差し指を立てて窘《たしな》める海里の顔にも、満面の笑みが浮かんでいる。

アコースティックギターの短いアルペジオの後、レイナの歌声が響き始めた。

てっきり「オオサカ・オクトパス」時代のようなアイドル然としたアップテンポの曲かと思いきや、楽器はアコースティックギターとおそらくはキーボードだけ、しかも曲調もとても落ちついた、しみじみ聞き入るタイプである。

地下アイドル時代は、激しく踊りながら、整わない息で叫ぶように歌っていたレイナだが、今回はダンスはなしのようだ。歌声も曲にそぐう温かみのあるものだった。

二人はそれぞれの作業をしながら、引き込まれるように耳を傾ける。

やがて、親の仇《かたき》のように繰り返される特徴的なサビに、しばらく煮た茄子を鍋ごと氷水で冷やしながら、夏神は「うっかり頭にこびりつきそうやな」と言った。

その手元をきっちりスマートフォンのカメラに収めながら、海里もどこか悔しそうに相づちを打つ。

「ホントにな。『レンコン大根にんじんこんにゃく、牛蒡《ごぼう》とチキンをきちんと入れたら、最後に栗も忘れずに、味がしゅむまでつまみ食いは禁止』……淡海先生、作り方をそのまんまサビにしてるだけじゃん！　くっそ、おかげでがっつり覚えちまった」

ミュージカル時代、一つの舞台で何曲も歌を覚えなくてはならなかったおかげで、海里は未《いま》だに一度聴いただけで、メロディーについてはほぼ記憶してしまう。この歌の場合、歌詞も単純なだけに、覚えるのはさほど難しくない。

既に歌の途中から、レイナの声に合わせてサビ部分だけ合唱できるようになった海里に、夏神は感心した様子で言った。

「覚えるん早いなあ。そやけど、ええ歌やないか。ヒットするん違《ちゃ》うか、これは」

「いい歌なら売れるとは限らないから何とも言えないけど。この覚えやすさは強みだな。メロディーラインも、今どき珍しいくらい素直でいい。きっと、淡海先生がいい作曲家を紹介したんじゃないかな」

「ほう。お前にもライブハウスを紹介してくれはったし、淡海先生は、才能の橋渡しが上手《うま》いお人なんかもしれんな」

「俺はともかく、レイナさんについてはね」

ヒョイと肩を竦めると、海里は「あー、出番終わっちゃった。マジでこれが売れて、スタジオライブとかコンサートとか、バンバンできるようになるといいよな」

「せやな」

「……って、もう茄子、煮汁から出しちゃうの？」

ラジオを消した海里は、再びスマートフォンを構えた。

「普通に家で食うときは、味が染み込むまで煮汁の中に置いといたらええ。そやけど、置けば置くほど、茄子からこの皮の色が抜けてしまうからな。写真用に、ええ色のうちに引き上げるんや」

「ああ、なるほど。じゃあ、フォトジェニックな茄子ちゃんを……切り込みを入れたし、煮る前によく焼いて軟らかくしたから、煮る時間は短くても味は染みてるよね」

「そやな。けど、この切り込みは味を染み込ますだけやないで。小茄子は皮が固いから、食べやすうするんが一つ、もう一つは……」

夏神は小さな茄子のヘタと「お尻《しり》」の部分を持ち、ゆっくりと捻《ひね》るような動きをした。それから、茄子の「お尻」を皿にやや強く押しつけるようにして立てて置いた。

「あー！」

パシャパシャと写真を撮りながら、海里は納得の声を上げる。

茄子の切り込み部分が柔軟に開き、そこから薄茶色に染まった中身が覗《のぞ》く。

「何だっけ、その形？　ナカオ何とかさんのねじねじ的な……」

「茶道で使う茶せんや。これは、『茶せん茄子』っちゅう料理や。小茄子を焼いて煮るだけで、料亭っぽい料理になるやろ」

夏神は三つの小茄子を同様にして美しく盛りつけると、そこに茹《ゆ》でただけのサヤインゲンを添えた。

「いいね！　完成品はこっちに寄越《よこ》して。湊さん、いつもカウンター席に置いて写真を撮ってるから。箸置《はしお》きに箸を置いて……っと。これでよし」

「上手いこと撮れたか？」

夏神も厨房《ちゅうぼう》から出て来て、完成した料理を真ん前から満足げに見た。

「ええ感じに出来た。予想どおり、皿との馴染みもええ」

海里も夏神と並んで立ち、彼の亡き恋人が作った皿の上にコロコロと並んだ小茄子を眺めた。

「ほんと、いい感じ。彼女さんが生きてたら、きっと食べたがったよ、これ」

「そやろな。『ほんまに夏神君が作ったん？』て、百遍訊《き》かれそうや。昔の俺は、こないちまちました仕事ができん、こらえ性のないガサツ者やったからな」

嬉《うれ》しさと切なさが入り交じった複雑な表情で料理を見下ろし、夏神はこう続けた。

「レイナさんには、お母さんの描いた絵が。俺には、あいつが焼いてくれたこの皿が。今はこの世におらん人が遺《のこ》したもんが、今、生きてる人間の心に、そっと手ぇ当ててくれとる気がするな」

「当ててるよ、きっと。お母さんの愛情がレイナさんを抱き締めたみたいに、彼女さんも、この店や夏神さんのこと、きっと見てる」

海里は静かにそう言った。ただの慰めではない実感のこもった言葉に、夏神は深く頷《うなず》く。

「この皿があいつやとしたら、その上に載ってる小茄子が俺らやな。俺、お前、ほんでロイド」

「待って待って。凄《すご》くいい話だけど、まさにこれから俺、このうちの一つをつまみ食いする予定なのに！」

「ええよ。ただし、お前っぽい小茄子にしとけや」

「俺っぽい小茄子ってどれだよ！」

呆《あき》れ声を上げつつも、海里はいちばん形のいい小茄子のヘタを指先で摘《つ》まんで持ち上げ、「きっとこれ。これがいちばんかっこいい」と言うなり、大きな口を開けて頬張ったのだった……。

どうも、夏神です。今回は、ちょいと気合いを入れて作る夏の揚げもんと、常備菜にちょうどええしぐれ煮をご紹介。あとは、お客さんに食うてもらわれへんかったデザートを、イガが悔しさと共にご紹介するらしいです。ほな、よろしゅうお付き合いください。

イラスト／くにみつ

夏の野菜大胆はさみトンカツ

★材料（4人前）

豚ロース薄切り　350〜400g

野菜色々　適量

俺のお勧めは、断然ズッキーニ。あと、茄子やエリンギ、カボチャなんかが作りやすうてええですね。カボチャは硬いんで、手ぇ切らんように

塩、胡椒、小麦粉　適量

天ぷら粉　適量

天ぷら粉なんてわざわざ買わんでも……という方もおられると思うんですけど、使ってみるとなかなかええもんです。揚げ焼き式の天ぷらもカリッと仕上がるんで、いっぺん試してみてください

パン粉　適量

油　適量

これは癖のない油がお勧め。俺は米油をよう使います。サラダ油、太白胡麻油など

★作り方

❶野菜を縦に平べったく、だいたい3〜4mm厚くらいにスライス。長さは肉よりちょい短いくらいに整えてください。

❷豚肉を破らんように広げて、塩胡椒して、小麦粉をぱっぱっと軽く振ります。そこに野菜のスライスを一枚ぺろっと載せて、糊付け代わりにまた小麦粉をぱっぱっ。その上からもう一枚、広げた肉を被せて、余った端っこはちょっと折ってまとめておきます。これで一つ完成。肉がなくなるまで、色々挟んだやつを作りましょう。

❸次に衣つけ。ほんまは小麦粉、溶き卵からのパン粉……と進むんですが、野菜を挟んどるから扱いにくいでしょう。そやから、「小麦粉をつける→溶き卵にくぐらせる」の手順を、「水で溶いた天ぷら粉にくぐらせる」でいっぺんにやっつけてしまいます。便利やね！　溶くときの水の量はそれぞれの天ぷら粉の指示どおりに。平たいバットでやると楽にやれます。

❹この時点で揚げ焼きにしても、天ぷらとして美味しゅう食べられます。そやけど今回はカツにしたいから、別のバットにパン粉を入れて、まんべんなくまぶしつけます。油が跳ねにくい揚げ焼きにするんで、衣つけはそない神経質にならんでも大丈夫です。

❺フライパンに大さじ6〜7くらいの油を熱して、衣をつけたカツを揚げ焼きにします。火加減は中火でじっくり、サイドも時々立てて油に触れさせたってください。これに関しては、揚げ鍋に放り込むより、揚げ焼きのほうが綺麗に仕上がります。油が足りんな〜と感じたら、大さじ1ずつ、様子を見ながら追加してください。

❻こんがり揚がったら引き上げて油を切って、断面が見えるように切って盛りつけましょう。塩胡椒しとるんで、そのまんまでも旨いですけど、ウスターソースや醤油、ポン酢を添えても。

煮る前に冷凍するか、煮てから冷凍するか。
便利な惣菜、牛肉しぐれ煮

★材料（2〜4人前くらい）

牛赤身切り落とし　300g
ごぼう　1本　（好きやったら2本でも）
醤油　大さじ3
砂糖　大さじ1〜2
みりん　大さじ1
酒または水　大さじ1　（無理して酒を用意せんでも、水で十分）
油　小さじ1

★作り方

❶必要なら、切り落としを小さく切り分けて、ボウルに。
❷ごぼうは、ざっと洗ったらまな板の上に置いて、回しながらささがきに。大きさや厚みはお好みやけど、冷凍したいときは、できるだけ薄く細くしたほうがええです。最近は、ごぼうは特に水にさらさんでええっちゅうことになっとるんで、そのまんま使いましょ。ボウルに加えてください。なんやったら、ささがきになっとるやつを買ってきたら話が早いです。
❸調味料と油をボウルに入れて、よう揉み込んで。
❹ここで冷凍するんやったら、フリーザーバッグに入れて、できるだけ空気を抜いて、平とう延ばして冷凍庫へ。味付けしとくと、一ヶ月くらいは保ちます。煮るときは、前日に思い立ったら、冷蔵庫でゆっくり解凍。すぐ煮たいときは、電子レンジで軽く解凍するなり、弱めの中火にかけて鍋の中で溶かしつつ煮るなり。煮てるうちに水分が出てくるんで、いきなり強火にかけんように、箸でほぐしながらじっくり。
❺冷凍せんときは、❸❹の手順は省いて、食材を切ったはしから鍋に放り込んで調味料を加え煮て大丈夫です。牛肉に十分脂っ気があるときは、冷凍せえへんのやったら油もなしでOKです。どっちにしても、弱めの中火で汁気がほぼなくなるまで煮てください。
煮上がってから、粗熱を取って、フリーザーバッグに入れて冷凍してもOKです。

※いずれにしても、ごぼうは冷凍するとちょっと食感が柔らこうなります。それはそれで美味しゅう食べてもらえたら。あと、煮るときにお好みで、土ショウガを細く刻んだやつやら、しめじやらを入れて雰囲気を変えてみるんもお勧めです。

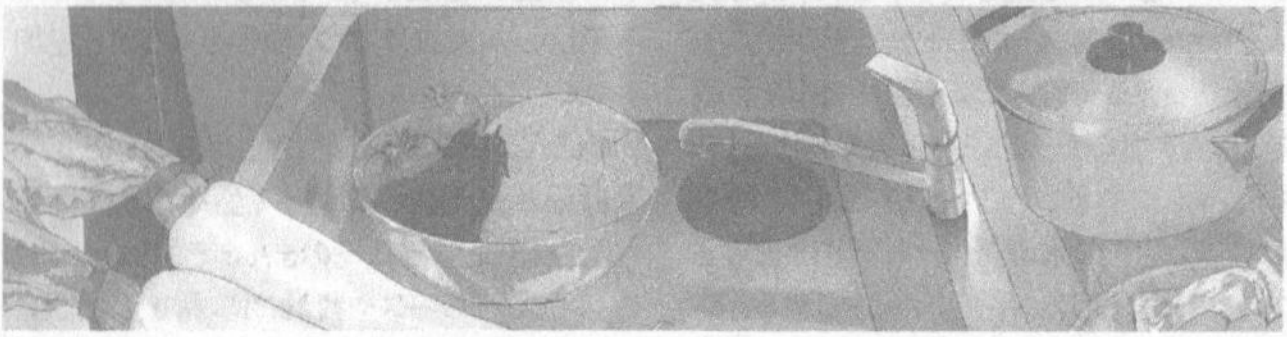

デザートは俺、五十嵐海里が担当っす。つか、なんだよ～！　俺の自信作だったのにさ～！　レイナさん、筑前煮のっけご飯を食いすぎて入らなかったんだよね。しゃーねえ。夏神さんとロイドと俺で美味しくいただきました！

レイナが食べ損ねたデザート、ちょいとフローズン抹茶ティラミス

★材料（グラス4個分）

マスカルポーネチーズ　100g
クリームチーズを使うときは、無糖のヨーグルトと半々くらいがお勧め

生クリーム　150～200ml
キリがいいから1パック使っちゃうってのもOK！

砂糖　60g

卵黄　2個

カステラ、スポンジケーキなど　適量
ないならないで。わざわざ用意しなくても可

抹茶　大さじ1.5～2
2はかなりほろ苦感が出るから、お好みで

お湯　大さじ3
抹茶が溶ければいいので、沸騰していなくても大丈夫！

★作り方

❶グラスの底に、適当に切ったカステラやスポンジケーキをコロコロっと置いて。抹茶はお湯でよく溶いておいてください。

❷マスカルポーネチーズ、砂糖半量、卵黄をボウルに入れて泡立て器でよく混ぜて。お好みでラム酒大さじ1を入れると大人の味になります。

❸別のボウルで、生クリームを泡立てよう。少しずつ残りの砂糖を入れて泡立て続けて、ピンとツノが立つくらいまで頑張って！

❹マスカルポーネチーズのほうのボウルに、お湯で溶いた抹茶を入れてよく混ぜて、その後、泡立てた生クリームを合わせて、今度はゴムべらでざっくり切るように混ぜ合わせよう。頑張り過ぎると、生クリームの泡がなくなっちゃうからね。

❺❶のスポンジの上に❹を流し入れて、冷凍庫へ。2時間くらい凍らせて、ちょっと柔らかさが残るくらいで食べるのがベスト！　食べる前に、残っている抹茶を振りかけたり、あんこをのっけたりするのも旨いです。もし、カッチカチに固めてしまったら、15～20分ほど放置するといい感じに柔らかくなります。食事前に冷凍庫から出しておくと、デザートの頃にはちょうどよくなってるんじゃないかな。

最後《さいご》の晩《ばん》ごはん

地下《ちか》アイドルと筑前煮《ちくぜんに》

椹野道流《ふしのみちる》

令和2年 8月25日　初版発行
令和6年 10月30日　4版発行

発行者●山下直久

発行●株式会社KADOKAWA
〒102-8177　東京都千代田区富士見2-13-3
電話　0570-002-301（ナビダイヤル）

角川文庫 22292

印刷所●株式会社KADOKAWA
製本所●株式会社KADOKAWA

表紙画●和田三造

●お問い合わせ
https://www.kadokawa.co.jp/（「お問い合わせ」へお進みください）
※内容によっては、お答えできない場合があります。
※サポートは日本国内のみとさせていただきます。
※Japanese text only

ISBN 978-4-04-109681-9　C0193

◆◇◇

角川文庫発刊に際して

角川源義

第二次世界大戦の敗北は、軍事力の敗北であった以上に、私たちの若い文化力の敗退であった。私たちの文化が戦争に対して如何に無力であり、単なるあだ花に過ぎなかったかを、私たちは身を以て体験し痛感した。西洋近代文化の摂取にとって、明治以後八十年の歳月は決して短かすぎたとは言えない。にもかかわらず、近代文化の伝統を確立し、自由な批判と柔軟な良識に富む文化層として自らを形成することに私たちは失敗して来た。そしてこれは、各層への文化の普及滲透を任務とする出版人の責任でもあった。

一九四五年以来、私たちは再び振出しに戻り、第一歩から踏み出すことを余儀なくされた。これは大きな不幸ではあるが、反面、これまでの混沌・未熟・歪曲の中にあった我が国の文化に秩序と確たる基礎を齎らすためには絶好の機会でもある。角川書店は、このような祖国の文化的危機にあたり、微力をも顧みず再建の礎石たるべき抱負と決意とをもって出発したが、ここに創立以来の念願を果すべく角川文庫を発刊する。これまで刊行されたあらゆる全集叢書文庫類の長所と短所とを検討し、古今東西の不朽の典籍を、良心的編集のもとに、廉価に、そして書架にふさわしい美本として、多くのひとびとに提供しようとする。しかし私たちは徒らに百科全書的な知識のジレッタントを作ることを目的とせず、あくまで祖国の文化に秩序と再建への道を示し、この文庫を角川書店の栄ある事業として、今後永久に継続発展せしめ、学芸と教養との殿堂として大成せんことを期したい。多くの読書子の愛情ある忠言と支持とによって、この希望と抱負とを完遂せしめられんことを願う。

一九四九年五月三日

モンスターと食卓を

椹野道流

うちに帰って、毎日一緒にごはんを食べよう。

神戸の医大に法医学者として勤める杉《すぎ》石《いし》有《なお》には、消えない心の傷がある。ある日、物騒な事件の遺体が運び込まれる。その担当刑事は、有の過去を知る人物だった。落ち込む有に、かつての恩師から連絡が。彼女は有に託したいものがあるという。その「もの」とは、謎めいた美青年のシリカ。無邪気だが時に残酷な顔を見せる彼に、振り回される有だけど……。法医学者と不思議な美青年の、事件と謎に満ちた共同生活、開始！

角川文庫のキャラクター文芸

ISBN 978-4-04-107321-6